張無忌的人生哲學

楊馥愷◆著

武俠人生叢書序

全世界華人的共通語言——金庸武俠小說，世代不再只是文字想像，它早已幻為千百個化身：漫畫、電玩、電視劇、電影、布袋戲……，不管是本尊抑或是分身，銷售率與收視率都相當可觀，儼然成為一個新世紀的流行文化標記。

就出版的角度來看，從金庸武俠小說所延伸出來的各種議題，皆競相成為出版的賣點，如金庸武俠小說世界中的愛情、武功、醫術、文化、藝術……等，都能受到讀者的歡迎，男女老少皆宜；當然，我們尚列了古龍、溫瑞安……等武林名家筆下的各知名小說人物供讀者玩賞、品味。

生智文化事業有限公司的相關企業「揚智文化事業股份有限公司」原有近三十本的「中國人生叢書」，擁有穩定的讀者群，在這樣的基礎上，生智文化特推出「武俠人生」系列叢書，為求接續「中國人生叢書」的熱潮，一秉初衷，繼續為讀者服務。

本系列叢書係以武俠小說主角人物爲主，一人一書；爲延續「中國人生叢書」的主題內容風格，「武俠人生」系列叢書乃以小說人物的「人生哲學」爲主軸，期能提供讀者不同的切入點，品評小說人物的恩怨情仇，惟寫法類似一般著名人物的評傳。同樣的小說，不一樣的閱讀方式，帶來的絕對是另一種新的樂趣。生智文化事業希望您可以在「武俠人生」裡盡情涵泳，在武俠小說與人生哲學之間來去自如，逐步打通任督二脈，使您的功力大增，屆時您將可盡情享受不那麼一般的人生況味！

誠所謂「快意任平生」！本系列叢書深論武俠人物的愛恨情仇等「人生哲學」，作者筆下可謂是感性、理性兼具，在這新世紀的流行文化出版潮流裡，爲男女老少消費群們，提供一個嚼之有味、回味再三的讀物。

生智編輯部　謹誌

自序

一九七九年，金庸作品在台灣解禁，首先由《倚天屠龍記》打頭陣，在《中國時報》連載，一時不分士庶，爭相一閱，早時掛名司馬翎的版本，也在租書店一書難求。不久，香港影視界更掀起一陣金庸熱，金庸的魅力眞可說是「倚天一出，誰與爭鋒」。

我自己也是從那個時候才開始和金庸作品結緣。至於之前練就其他門派的一些底子，雖然不敢將前輩們的心血從此棄之如糟粕而散功盡去，然而金庸的武俠小說對我來說卻似是天山雪蓮，一服之後不但沁入心脾，而且功力隨之大增。金庸武俠系列的其他作品，我在其後幾年內的因緣際會之下一一讀畢，自然也常常找機會溫故知新，但究竟哪部多讀一些，哪部少讀一些，則沒有詳細去統計。二十二年的功力要倒背如流還早得很，不過我寫其他雜文的時候拿金庸引經據典已然成了家常便飯。哪天再啃得更爛熟些，見到金老時一定要大聲跟他說，我是他的私淑弟子。

《倚天屠龍記》在《中國時報》連載一半前後，因一位同學迫不及待到坊間租了司馬翎的掛名版，我沾了光把後半部一口氣看完。不消說，這自然是我最先讀畢的一部金庸小說。當時因爲客觀環境不甚允許，只得借到哪一部便看哪一部，好笑的是，射鵰三部曲我卻不是按照故事年代的發展順序先看《射鵰》，次讀《神鵰》，再練《倚天》，而是《倚天》、《射鵰》、《神鵰》這樣跳著來的。初看《倚天》時，年紀尚小，除了「好看、熱鬧」，實在不懂得其中蘊藏了中華文化的門道。金庸小說數之不盡的精深，其實是在往後一再複習的時候才得慢慢體會。當然啦！像我這樣的人也還只是略窺門徑而已，若是想進一步了解金庸，恐怕中國的經史子集、書畫詩詞，甚至西方近代心理學、社會學、戲劇理論等，最好都多讀一些。

我對張無忌沒有十分的好感，或許是由於他的形象和我心目中的武俠小說男主角有段落差，或許是他的感情態度讓我不以爲然，又或許是他的個性和我相去太遠，讓我懶得和他打交道吧！雖然金庸在〈後記〉中說張無忌可以做我們的好朋友，可是，如果可以把其他部作品打在一起作選擇的話，我可能還比較喜歡令狐沖，或者是石破天。至於在感情方面，我甚至可以理解陳家洛的拘泥禮教，卻不能接受張無忌的拖泥帶水。

除了主人翁之外，研究的過程中因爲觸及他和其他角色的互動，連帶使我花費一番心思去理解其他人物的言行。這一來，竟然意外地發現，金庸筆下所謂塑造成功的人物，或說是個性分明、愛恨強烈的那些人，大多是理想中的典型；反之，那些在諸子百家討論中不太可愛、個性矛盾的例子，卻有許多便生活在我們周遭。當然，這只是我粗略的劃分，原難以涵蓋人世間所有衆生的類型。

爲了寫這本書，我把過去讀過的老、莊相關資料又翻出來大略複習了一下。大二的時候修了上、下兩學期的中國政治思想史，雖然因爲學科背景的關係，教學偏重在先哲的政治思想部分，不過因爲教授專攻道家思想，加上我原本對佛老的形而上學興趣濃厚，在這方面的心得也較不離譜。再因我本身信仰佛教，《金剛經》又是我常誦讀的一部經典，藉之以探討張無忌的人生哲學，倒也有一番咀嚼。

引註原文的部分，由於我一直以來看的版本不外是台灣遠景公司和遠流出版社的標準平裝本，很直覺地就把頁碼嵌了上去，還自以爲這樣可以方便讀者查閱，後來才想起來曾在朋友家中見過不同冊數的大陸某書局版本，在美國的華文書店中也見過香港出的不同開數版本，況且光是台灣後來又發行了口袋版，新近又有大字版，因此我最後捨棄了頁碼，只用回目。這樣的話，雖然難求其精確，但至少對各地的讀者來說總算有一個共同的參考依據，也算是不得已中的一種折衷吧！

總之，當孟樊告訴我下部書要討論張無忌的時候，雖然因爲他是我認識的第一位金庸小說男主角而爽快答應，掛下電話後的思索卻令我惶惶不安，畢竟，要對一個不太喜歡的人作研究是件難以投入的事情。不過，也正因爲我對這個人沒有特別的偏好，又不可能站在敵對立場批而判之，反而使我能自退一步，從更客觀的角度去剖析張無忌。

衆所周知，金庸的武俠小說最初是在報上以連載形式完成，其後雖於發行單行本時已作增刪，若干情節前後矛盾之處在所難免，本書對此儘量不加討論，如果可能，並將予以合理化處理，盼與讀者共享張無忌之人生世界。

辛巳年仲冬於美國加州聖塔羅莎

楊馥愷

目錄

感情篇 075

張無忌的人生哲學

緒論

作為「射鵰三部曲」最後一部的男主角，金庸給了張無忌不同於前兩部男主角的面貌。他沒有郭靖天將降大任於斯人的自我期許，也沒有楊過視社會規範如無物的深情狂妄，雖然他們先後都成了漢人反抗異族的民族英雄。

有人說，金庸小說的男主角不是孤臣，就是孽子。粗略看來，這句話也不算錯。不過仔細讀過金庸小說的朋友都知道，這十四部三十六冊鉅著中的人物，雖或多或少會在某幾個角色身上看到另外一些人的影子，但是基本上他們的性格是迥異的，際遇也都有著天壤之別。因此，張無忌自是自成一家的男主角，其之不同於郭靖、楊過也就不足為奇了。

《倚天》花了很大篇幅才讓張無忌正式上場，他出生時全書已進行至五分之一，到他九陽神功練成下山之時，則已是第十六回的事情。在這之前，金庸先是由《神鵰俠侶》後幾回搶盡鋒頭的郭襄作為兩部小說間的軸承，再慢慢串起張無忌的太師父張君寶（三丰）、三師伯俞岱巖、父親張翠山等，然後方有張無忌這一人物的誕生。雖然中國的章回小說多有由非主角作開場白介紹再引出主角者，但像這般大費周章才產生一位人物的情況實在不多見。即使是射鵰大英雄郭靖出現前也由其父郭嘯天作前引，郭靖出生的時候畢竟才是全書開頭不久的第三回，而他奉師命離開大漠碰上楊康和穆念慈的比武招親，也才抵得張無忌出生的第七回。若是讓一個未曾聽過張無忌名頭的人從頭去讀《倚天屠龍記》，恐怕看完第一冊時還無法判定誰才是這部書的男主角，又無怪乎董千里先生會說《倚天屠龍記》其實全書分為兩截，前一截是張翠山和殷素素的故事，後一截才是張無忌的故事了（《金庸小說評彈》，頁一〇六）。

平民英雄・志繼射鵰

前面提到，張無忌和郭靖、楊過都先後在蒙、漢的歷史之爭中占有民族英雄的地位。郭靖和楊過生當南宋末年蒙古建立帝國之初，一個是捨金刀駙馬不做、固守襄陽的忠義之後，一個是殺死了蒙古皇帝蒙哥的神鵰大俠。相隔近百年後，張無忌則率領明教教眾將蒙古人逐出中原。郭靖生當宋金、宋元爭逐的矛盾中，他對黃蓉的愛毋庸置疑，可是最後教他決定和黃蓉廝守、毀掉對華箏的婚約的，卻不是簡單的兒女情長，而是蒙、漢當時勢同水火的民族仇恨，至於成吉思汗的撫育之恩、拖雷的結義之情，就只能在「民族大義」的價値取捨下，成爲過去。而少時因成長環境不順致養成偏激性格的楊過，最終也在郭靖「爲國爲民，俠之大者」的感召下，在反抗蒙古人的書頁上占有一席之地。

張無忌的時代背景讓他同樣不可避免蒙、漢之間的國仇，可是命運卻安排他和蒙古郡主趙敏之間譜出一場異族戀曲。其間矛盾的層次和他上一代父親張翠山與母親殷素素名門正派和邪魔外道的婚嫁又有不同。張無忌對漢民族驅除韃虜的意識仍然非常清楚，這是他的宿命，也是自許俠義之士者對家國之責的擴充。雖然後來他受騙於朱元璋，將江山拱手讓人，但對於缺乏政治意識的他來說，並不算什麼損失，也未必不是一件好事。

中國人幾千年來向來十分重視民族思想，上自王公將相，下至庶民百姓，很少人能免於胡、漢之別的種族偏見。金庸在前期的小說裡也常以這種種族衝突的歷史作背景，將江湖人物仁義爲民的功業附著在國仇家恨上昇華。從最早的《書劍恩仇錄》、《碧血劍》，到這前後貫穿百年歷史的「射鵰三部曲」，都可看出這種

「驅除韃虜，恢復中華」的主軸，而這要到此後的《連城訣》、《俠客行》、《笑傲江湖》才逐漸淡化。不是紅花會群雄冥頑不靈，也不是少林武當英豪食古不化，金庸承襲了中國文化之處比一般人多，先祖查慎行又是有清一朝文字獄的受害者，對於民族思想之影響歷史推移自是有十分深刻的認識。但在《倚天》之中也只是對「正未必正，邪未必邪」的觀念，分別透過張三丰、張無忌作了詮釋，只不過張三丰的理解是理性的、超然的，而張無忌則多半是感性的、個人的。至於金庸小說胡、漢之分的泯沒，則一直要到《天龍八部》藉由從小被漢人撫養長大的悲劇英雄契丹人喬峯，以及《鹿鼎記》裡開妓院接待過漢、滿、蒙、回、藏各色人種的韋春芳而生下來的韋小寶集其大成。

柔腸俠士．情執深重

由於《天龍八部》的書名源自佛典，加上陳世驤先生那番「無人不冤，有情皆孽」的評語，許多人因此認爲《天龍八部》是金庸武俠小說中闡釋佛法的代表作。事實上，金庸本人對佛教經典涉獵頗多，幾乎每一部小說都或多或少會提到佛法，像是《書劍恩仇錄》的陳家洛便因想得知母親生前的秘密，和福建莆田少林的方丈天虹禪師就《百喻經》有著一段十分精彩的對答，可嘆陳家洛放不下娑婆世界緣起緣滅的執著，終究辜負了天虹禪師的一番美意。《笑傲江湖》中的小尼師儀琳也是，她從小身在佛門，佛經的背誦爛熟於胸，卻和《飛狐外傳》的袁紫衣一樣，即使每日裡嘴上唸著「因愛故生憂，由愛故生怖。若離於愛者，無憂亦無怖」，還是沒能照見佛法的眞義。

倒是以武當山這個道教思想爲中心門派的《倚天屠龍記》，卻透過曾是殺人魔王的謝遜藉佛教般若系的代表作《金剛經》幫助張無忌去除心魔。《金剛經》是佛經中的精華，其中的「金剛」二字意爲金剛寶，指的是世界上最堅固的東西，可以削金斷玉，用來比喻佛法「實相般若」的眞理如金剛寶之堅固，可以斷絕世間一切煩惱執著。這個要旨，金庸說數月來被囚於少林寺地牢的謝遜，因日夕聽渡厄、渡劫、渡難唸誦此經，對經義有所悟。可惜重感情的張無忌很難擺脫凡夫俗子對於「我相、人相、衆生相、壽者相」的習性，不能領略謝遜斯時斯景的心境。

用超凡入聖的標準來期待張無忌未免苛責了些，但若以一個血肉之軀的角度來看，他還是有許多令人期待的優點。在仁義的維護和實行上，張無忌可以得到很高的分數，畢竟，這是他摯愛的父親對他的殷殷教誨，也是他天性如此的眞性流露。

一般認爲，張無忌是個性格軟弱、凡事被動的人，在處理大事上處處要旁人的推動，對於感情也是凡有姑娘向他表示好感便一律來者不拒。其實，與其說他性格被動，不如說他凡事沒有預設立場來得更貼切些。張無忌一生受感情的影響非常之多，這不但呈現在他和幾位紅粉知己的互動中，也時時和他待人處世的方式有相當的關聯。張無忌的成長背景比郭靖、楊過更顚沛流離，感情世界也比郭、楊二人複雜。他的一生悲苦的地方不少，幸運之神的降臨也相當多。可喜的是，說他被動也好，說他凡事不作成見也罷，淡然處之的態度，使他受的折磨不在日後留下太多傷害。

本書試圖從張無忌在冰火島上的出生談起，探討他自幼年以來的生活對日後性情的影響，次則進一步討論他一般時候流露的性情，接下來的〈感情篇〉將深入張教主的感情世界，分別由張無忌本身和旁觀者的角度一窺他的感情世界，相信這也是大多數讀者感興趣的話題。其後則延伸性情和感情對他處事態度的影響，以及互爲因果的人生觀，再予綜合評論。其間的分析則間或採取治老莊、佛道等之方法，亦即以經解經，拿《倚天》中人物或其他金庸小說的人物互相比較。

張無忌的人生哲學

生平篇

驚濤駭浪．悲喜新生

驀地裡「哇」的一聲，內洞中傳出一響嬰兒的哭聲。謝遜大吃一驚，立時停步，只聽那嬰兒不住啼哭。

張翠山和殷素素知道大難臨頭，竟一眼也不再去瞧謝遜，兩對眼睛都凝視著這初生的嬰兒，那是個男孩，手足不住扭動，大聲哭喊。張殷二人知道只要謝遜這一刀下來，夫妻倆連著嬰兒便同時送命。二人一句話不說，目光竟不稍斜，心中暗暗感激老天，終究讓自己夫婦此生能見到嬰兒，能多看得一霎，便是多享一份福氣。夫妻倆這時已心滿意足，不再去想自己的命運，能保得嬰兒不死，自是最好，但明知絕無可能，因此連這個念頭也沒有轉。

只聽得嬰兒不住大聲哭嚷，突然之間，謝遜良知激發，狂性登去，頭腦清醒過來，想起自己全家被害之時，妻子剛正生了孩子不久，那嬰兒終於也難逃敵人毒手。這幾聲嬰兒的啼哭，使他回憶起許許多多往事：夫妻的恩愛，敵人的凶殘，無辜嬰兒被敵人摔在地上成為一團血肉模糊，自己苦心孤詣、竭盡全力，還是無法報仇，雖然得了屠龍刀，刀中的秘密卻總是不能查明……他站著呆呆出神，一時溫顏歡笑，一時咬牙切齒。

在這一瞬之前，三人都正面臨生死關頭，但自嬰兒的第一聲啼哭起，三個人突然都全神貫注於嬰兒身上。（第七回．誰送冰舸來仙鄉）

在金庸所有的小說男主角中，恐怕再也沒有比張無忌出生時的場面更驚心動魄的了。郭靖雖然也是母親李萍在顛沛流離中於大漠的雪地產子，但除了被蒙古兵帶走的段天德，再沒有其他會來跟這對母子爲難的人。唯一可以拿來相提並論的，則是引出《倚天》的人物郭襄。郭襄在《神鵰俠侶》出生時，正逢金輪法王來犯，幸而當時有楊過、小龍女力戰金輪，黃蓉就在一陣廝殺聲中臨盆，產下龍鳳胎郭襄和郭破虜，而郭襄不旋久卻又被李莫愁加入戰場後奪去。直到黃蓉體力稍微恢復，才利用棘籐陣從李莫愁手中奪回。

而張無忌出生之前，江湖上卻有一段令人聞之喪膽的公案，那就是由明教分裂出來的天鷹教，在天微堂堂主殷野王和紫微堂堂主殷素素的聯手合作下，取得了武林人士人人覬覦的屠龍刀，在王盤山上揚刀立威。適逢亟欲知道刀中秘密的金毛獅王謝遜趕來奪刀，用獅吼長嘯之功將其他人震得神經錯亂，並將已互生情愫的張翠山和殷素素二人，逼上三桅座船，隨風漂流至極北之地。

謝遜因為師父害他家破人亡，為報大仇，他從崆峒派手中奪得「七傷拳」拳譜，日夕苦練，但因內功基礎不夠堅實，每練一次，自身內臟便受一次損害，謝遜便是在練七傷拳時傷了心脈，以致有時狂性大發，連自己也無法抑制。張無忌出生前幾日，謝遜本又狂性大發，和張翠山將有一場性命相搏之戰，然張、殷二人自知武功和他相去太遠，總想隨時恐將畢命，竟然不能瞧見那未出世的孩兒。

所幸張無忌的及時到來，激發了謝遜的良知，恢復了他對生命的熱愛。他三人注視著這嬰兒好一段時間後，謝遜第一個回過神來，先問張翠山是個男孩還是女孩，又提醒張翠山剪去臍帶，並主動去燒熱水，幫他夫婦二人迎接這個小生命。

冰火島上・無憂童年

殷素素因想謝遜如此喜愛這個孩兒，如果能讓他將孩兒視如己出，那麼在島上就可不愁他會加害，縱使狂性發作之時，也不致驟下毒手。因此，不但無忌是延用謝遜被成崑摔死的亡兒之名，還讓他改宗姓謝。謝遜在張翠山夫婦慫恿之下，果然大喜，收無忌爲義子，也和張翠山夫婦結爲異姓兄弟。

他四人在島上過著桃花源般的日子，父母、義父對無忌都呵護有加。但有時小孩太頑皮，做父母的總是想要教訓一番，偏偏謝遜這個做義父的對義子十分偏愛，每當張翠山和殷素素想要責打時，謝遜總是從中阻攔。謝遜對無忌之溺愛可想而知，無忌對謝遜之依戀也可見一斑。

島上日月長，他四人幾年來相安無事。無忌四歲以後，在殷素素教導下識字。五歲起，開始讓他習武，但爲了怕謝遜的武功太高，小孩無法領悟，所以先由張翠山傳授武當心法，修習基本內功。到了八歲之後，謝遜才要無忌跟著他學武，不過，謝遜都是「武功文教」，讓無忌像背經書般死記一些口訣，即連各種刀法、劍法的招式也是如此，卻不加演練。

此時，謝遜也開始和張翠山夫婦紮編木排，只等哪天風向南轉，便可回歸中土。只是到了風聲眞的從北而至，一切食物用品都收拾完畢之時，謝遜卻以爲自己一身血債，若是同行，江湖上不論是名門正派還是綠林黑道，不知有多少人處心積慮欲將之置於死地，如果遭受大批仇家的圍攻，那是凶多吉少，屆時以他和張翠山夫婦的結義之情，他二人絕不可能袖手旁觀，加上覬覦屠龍刀的人更不在少數，若是爭端起時，四人恐只落得同歸於盡的下場，因此執意留下。張無忌就此和義父揮別，離開生長了十年光景的冰火島。

備受摧殘・悲慘年少

離開冰火島以後到被朱長齡逼入崑崙山谷這段期間，可說是張無忌身心受到摧殘最悲慘的日子。

張無忌隨爸媽乘著木排順著北風一路向南，還沒回到中土，便碰上了與父親同門的俞蓮舟及其他門派人士，和與母親同門的天鷹教教衆，爲了尋找張翠山夫婦二人和謝遜的下落而大動干戈。崑崙派門人爲屠龍刀追問謝遜下落的猙獰面目令張無忌十分反感，也使得他對那些人起了對立之心，從此踏入江湖的張無忌，自此明白世間人心的爾虞我詐。

然而年幼的張無忌畢竟無法僅就一次簡單的經驗便能分辨所有的險惡。他和父母、二師伯乘江船溯長江而上，不久就被扮作老丐的賀老三以「漆裡星」毒蛇誘騙被擒。不消說，和謝遜有仇的巫山幫也是爲了金毛獅王的消息而來。可是張翠山極重朋友之義，眼見愛子性命在別人手裡，仍是不肯吐露半字有關謝遜的訊息。幸賴殷素素智計過人，才制服賀老三，將無忌奪回。

怎奈一波未平，一波又起。賀老三之後又有峨嵋派爲難不打緊，接下來的元兵襲擊才是眞正的致命傷。如果是尋常元兵，平時雖然凶惡，遇上俞蓮舟這樣的武林高手，也沒把他們放在眼裡。可是任誰也沒想到，其中有一名元兵竟然出其不意擄去了張無忌，發出的掌力不但排山倒海，並且極其陰寒，打得俞蓮舟全身寒冷透骨，顯是整得此後十年令張無忌死去活來的玄冥神掌。

好不容易張翠山帶著殷素素回到武當山，和十年不見的師兄弟團聚，又碰上恩師張三丰的百歲壽誕，本是可喜可賀的好日子。可是一來小無忌下落未明，各大門派又假藉祝壽之名想來探知謝遜的下落，不免給準備師父大壽的武當七俠蒙上一層陰影。

俞蓮舟本想過一段時間之後，在黃鶴樓召開英雄大宴，由張翠山說明不能出賣朋友的苦衷。不料各大門派卻等不到那個時候，在張三丰壽辰當天就找上門來，令武當措手不及。在這僵局難解之際，宋遠橋等人想到了以「眞武七截陣」對付少林僧人的挑戰，並決議由殷素素替代殘廢十年的俞岱巖。可是就在殷素素開口一句「多謝三哥」之後，俞岱巖卻從殷素素的口音之中辨認出，她就是當年在臨安府龍門鏢局委託都大錦送他上山之人。

殷素素和殷野王當年分別以蚊鬚針和七星釘傷了俞岱巖，目的只是屠龍刀，寶刀既得，便託龍門鏢局送人回武當山。用金剛指力捏碎俞岱巖全身關節的，其實是投效蒙古的西域少林金剛門門人阿三，並非殷氏兄妹本意。況且如果俞岱巖中了銀針之後，能夠立即運回武當，治療月餘，自會痊癒。可是張翠山仍是十分自責，覺得無顏以對師兄，奔出房中，重託師父撫養愛子之後，立時在賓客面前橫刎斃命。

這一幕，正好讓被假扮蒙古軍挾持的張無忌親眼所見。非但如此，殷素素見丈夫身亡，也立意追隨其於九泉之下。甫與父母重逢的張無忌，竟在頃刻之間，變成了孤兒。

此後一個月，張三丰和其他武當五俠嘗試用眞氣幫張無忌逼毒。可是張無忌所中寒毒已經侵入頂門、心口和丹田，旁人無可相助。張三丰於是就幼時自覺遠大師口中聽來僅記的「九陽神功」的口訣和練法傳了無忌。張無忌依法修練了兩年多，丹田中的氤氳紫氣雖然小有所成，然而體內的寒毒卻是固於經絡之中，非但無法化除，反而臉上的綠氣日甚一日。不得已，張三丰決定紆尊降貴，帶無忌去少林寺求教完整的《九陽眞經》。

張三丰和無忌在少林寺碰了釘子，不料絕處逢生，在漢水舟中遇到正好要去找蝶谷醫仙胡青牛的明教弟子常遇春，並且在船上和日後成爲紅顏知己之一的周芷若有了餵飯因緣。

常遇春自告奮勇帶無忌往胡青牛處求醫，但胡青牛卻因不願壞了妻子王難姑精心的使毒傑作，不輕易救治非明教中人。不過這次一方面由於是常遇春用自己的性命作交換，二方面則是醫仙碰上張無忌的惡疾不免手癢，因此破例收了張無忌。為了醫治常遇春，張無忌從胡青牛那兒閱讀了胡青牛個人的著作，以及大量的古代醫學典籍，遇有疑難不明的地方，便向胡青牛請教，竟因此得到胡青牛的眞傳。

這兩年之中，名門正派和明教之間爭鬥越烈。蝴蝶谷中的張無忌陰毒雖未盡除，但也漸有起色，平靜的生活似乎不受外界的紛擾影響。直到有一天，為了胡青牛不救治丈夫銀葉先生而結下仇隙的金花婆婆，將十五名江湖人物用各種奇怪的方式弄傷，並指示他們向胡青牛求醫，藉此向胡青牛尋仇。胡青牛為了非明教中人一概不治的誓言，任那十五人如何哀求，仍是堅不出手。正好此時張無忌醫術小有所成，這十五人便成了他最好的實習對象，其中包括原本和殷梨亭有過婚約，卻受迫於明教光明左使楊逍而產女楊不悔的紀曉芙。

雖然胡青牛並未親自出手，可是金花婆婆仍不放過。此時已和張無忌有著師生之誼的胡青牛，自知大難臨頭，和王難姑假裝服毒，並造了兩座墳墓，以求避過金花婆婆耳目。金花婆婆去而復返，得知無忌實乃張翠山的遺孤，欲逼迫他說出金毛獅王謝遜的所在。無忌本來很難倖免，正好峨嵋派的掌門滅絕師太和一干女弟子到來，金花婆婆忌憚滅絕手中倚天劍的威力，悻悻離去。和金花婆婆同來的小女孩殷離，本想叫張無忌陪她到靈蛇島作伴，無忌不肯，往抓著他的殷離手上咬去。這一咬，雖疼得殷離暫時鬆手，殷離卻從此念念不忘，小張無忌也成了她一輩子無法釋懷的情緣。

崑崙山間・苦盡甘來

滅絕師太對紀曉芙頗爲偏愛，得知她失身於楊逍，要她去殺死楊逍，將功補過，言明待大功告成之後，可將衣缽傳之，立她作峨嵋掌門。紀曉芙雖是被迫失身，心中卻無怨無悔，堅決不肯對楊逍下手。從滅絕眼中看來，愛徒無異背叛師門，於是將紀曉芙斃於掌下。紀曉芙臨死前託孤，要張無忌送楊不悔到崑崙山坐忘峰楊逍處。

此時的張無忌雖然還只是個十四、五歲的少年，但他在俠義心腸上的表現，已是成人世界的風範。他帶著楊不悔覓路而行，不旋久，便見到胡青牛夫婦慘死金花婆婆手下的屍體。荒煙蔓草間，兩個小孩忍饑耐寒，卻差點成了曾在蝴蝶谷中被張無忌治好的簡捷和薛公遠的腹中物。其間徐達雖有意相救，一時卻未能成功。幸虧在他找來朱元璋等人之前，張無忌依著王難姑《毒經》中記載的毒菌，偷偷放在簡捷煮的熱湯中，讓這些以怨報德的人一命歸西。

世間像簡捷這類型的中山狼可不在少數，這個不太愉快的經驗只不過是張無忌生命中一段不太值得人去注意的插曲，如何太沖這等自命爲名門正派，卻又不顧他人死活的人才教人傷透了心。

他二人剛脫離簡捷、薛公遠的魔掌，便又碰上了崑崙山的詹春，和因偷看何太沖練劍而遭到追殺的蘇習之。張無忌在草叢中聽得蘇習之中了喪門釘之毒，家中留下嗷嗷待哺的孩兒，動了惻隱之心，主動替他療毒。並因此到何太沖家中爲他的五姨太醫治金銀血蛇之毒。不料這五姨太所中的毒，乃是何太沖的夫人班淑嫻因嫉妒而設下，張無忌治好了五姨太，卻等於得罪了班淑嫻，差點因此斷送了兩條小命。

就在這千鈞一髮之時，不悔的生身父親楊逍適時出現，擊退何太沖夫婦，把楊不悔接到坐忘峰。張無忌至此算是完成了紀曉芙的託付。

張無忌和同生共死的楊不悔來不及作別，又在途中遭遇了這一生以來更大的劫難。仁心仁術的張無忌為了救助一隻被獵犬追捕的小猴，自己也被咬得遍體鱗傷。這些獵犬的主人是朱長齡的女兒朱九眞，他們本是南宋時期大理國宰相朱子柳的後人。朱九眞的狗咬傷了張無忌後，收留了他一陣子，並且幾乎將他當作家裡的僕僮。張無忌對自己被定位為僕僮，一開始確實不太舒服，但此時正值知好色而慕少艾的他，已經把朱九眞當作愛慕的對象，而朱九眞的芳心則早就在表哥衛璧身上，對張無忌根本不以為意。

這種局面一直到有一次，張無忌和衛璧對打，為了自衛，使出父親張翠山當年在木筏上所授的「武當長拳」，才告打破。原來，朱長齡從張無忌的武功家術揣摩出他的來歷。朱長齡知道張翠山、殷素素夫婦寧可自刎，也不吐露謝遜的所在，倘若用強，張無忌大約也不會說出眞相。工於心計的朱長齡先是繪造了一張「張公翠山恩德圖」，編造他一家承受張翠山恩澤的故事，接著演出一場爲了躲避尋謝遜之仇的各路人馬，而火燒莊園的苦肉計，並且讓他的拜把兄弟武烈假扮謝遜。但武烈所扮的謝遜目光炯炯，並非眼盲之人，立時露出破綻。不過，朱長齡還是有辦法把這一切都合理化，讓張無忌再一次相信他，還答應帶他出海找尋謝遜。好在天網恢恢，疏而不漏，終於讓張無忌在無意中，因爲想和他心目中的天之麗人朱九眞開玩笑，悄然跟蹤，而聽到朱、武兩家的這一切布置，也知道朱九眞這一陣子以來不過和他虛情以對。若不是鬼使神差的讓張無忌有這一趟跟蹤，不但自己將落入人手，義父的性命恐怕也難保。

「惡有惡報」這句成語用在朱長齡的身上，只怕再貼切也不過了。事跡既然敗露，朱長齡索性脫下僞君子的面具，露出他猙獰的面目來。爲了屠龍刀，朱長齡再也顧不得自己的形象和身分，一路直追奔向萬丈崖谷的張無忌，待抓到背脊的時候，張無忌已經半個身子凌空在深淵之上。朱長齡想到如果這五根手指一鬆，這兩個月來的苦心籌劃便將付諸東流，拚得性命不要，居然仍是不肯放手，於是跟著張無忌向下摔落。所幸二人還算命大，最後叫朱長齡抱住了一棵松樹，兩人再慢慢爬到一座平台上，總算有個借力之處。

朱長齡到這個時候，仍念念不忘於那號令天下的屠龍寶刀。張無忌此時則已經完全洞悉了朱長齡的爲人和意圖，當下是以能脫離此人爲要務，因此當見到山壁邊有個洞穴時，便毫不猶豫地鑽了進去。

天下可就有這麼巧的事。張無忌這一鑽，非但不是鑽入絕境，反而鑽出了一條康莊大道來。他順著狹窄的孔道向前爬，竟出現一個鳴禽間關、花果懸枝的福地洞天。原本壽元將盡的張無忌，反而對老天安排下這等仙境，給他作爲葬身之地，感到滿心歡喜。洞外的朱長齡哪想得到甬道的另一頭，居然別有一番天地，還想以濃煙燻張無忌出去。張無忌假意和朱長齡開個玩笑後，仍是不念舊惡，從洞內拋出鮮果給他吃。

谷中日長無事，張無忌常與一隻他救治的小猴玩耍。有一天，小猴又帶來一隻肚腹膿血模糊的大猴，請張無忌給牠醫治。張無忌就手邊可得的碎石、樹皮作工具，替大蒼猿開刀整治膿瘡，並從蒼猿腹中取出一個油布包。取出一看，油布包中赫然藏著九十餘年前，瀟湘子和尹克西從少林寺藏經閣盜得，一路帶到西域的經書，也就是張三丰年幼時聽覺遠大師背誦，可以救得張無忌玄冥神掌之毒的《九陽眞經》。

張無忌在谷中左右無事，便按部就班從第一卷經書練起。練完一卷之後，已經過了胡青牛預估他毒發畢命的時間，寒毒侵襲時的狀況卻較過去輕微，發作的頻繁也漸次減低，顯見九陽神功對驅除寒毒果有神效。待得第二卷練到一小半，他體內的陰毒已經盡數除去。此後又繼續練第三、第四卷，總共花了五年多時間，終告功行圓滿。

神功既成，張無忌也不必再害怕洞外的朱長齡。於是他運起縮骨功，鑽出洞外。哪知多年下來，朱長齡仍不死心，還想再使奸計害人，假裝摔跤受傷，利用張無忌的不忍之心，讓他摔下萬丈深谷，然後鑽入洞中去取《九陽眞經》。可他沒料到張無忌進去時尚是少年身形，出來時又練成了九陽神功的縮骨法，而他朱長齡卻是這兩個條件中的一個也沒有。這個大理相國之後的當世高手，從此便嵌入那狹窄的山洞之中，進退不得。

光明頂上・一戰成名

所幸張無忌種下的福澤之因不少，從懸崖上直墮下去，也沒把他給摔死。在空中翻了三個觔斗後，插入了一堆雪堆中，只把雙腿腿骨折斷。

他在雪地上躺了幾天，靜待傷處癒合。不旋久，便遇到五年前令他魂牽夢縈的蛇蠍美人朱九眞，以及被他一咬定情的表妹殷離。只不過此時的張無忌身材已與以往大不相同，在谷中幾年下來又一直蓬頭散髮，是以二女均未認出他的身分。而此時的殷離也因爲練了「千蛛萬毒手」，容貌浮腫變形，不復往日清麗的模樣。

無忌和改稱蛛兒的殷離雖然未能認出彼此，卻是互相又有一種莫名的好感，張無忌在聽了殷離害死親母、殺了二娘的故事後，頓生同病相憐之感，立意要和眼前的蛛兒廝守一生。殷離隨後也爲了張無忌曾被朱九眞的惡犬咬傷，便去殺了朱九眞。

但殷離此舉招來武青嬰、武烈、衛璧、何太沖、班淑嫻、丁敏君等人的追殺。這六人夾擊殷離，張無忌則暗中以內力相助，擊退敵人。可是甫離去不久的丁敏君，馬上又邀得峨嵋派其他同門前來，其中包括幼時和張無忌在漢水舟中有餵飯之德的周芷若。當日相遇，誰也沒想到在舟上萍水相逢的人會有再見之時，何況當時的張無忌可說是命在旦夕。然而此番重逢，兩人卻都不自覺地情愫暗生，對對方十分關懷。原本不願以眞實身分告人的張無忌，也主動和周芷若相認。

丁敏君要周芷若捉拿殷離和張無忌，但周芷若不願和他二人拚命，幾個回合過招之後，便假裝受傷離去。可是丁敏君並不死心，仍是招來了滅絕師太，把他二人拉走。

峨嵋派一路西行，原來是要趕去和各大門派會合，圍剿光明頂。途中遇到殷梨亭，張無忌未上前相認，但殷離卻向殷梨亭打聽張無忌的下落，令無忌感慨萬千。另一方面，宋遠橋的公子宋青書也在此時出現，不但覬覦周芷若的美色，並且極力討好滅絕師太。

這一幕人間悲喜劇並未完整演出，他們又繼續往前走。一路上中原各派和明教教眾有許多廝殺。張無忌一方面因爲母親出身明教旁支，在情感上本就對這世人口中的魔教不那般憎恨；另方面則是因爲見到這些自詡爲明門正派的人士，對付不同陣營的人，十分心狠手辣。因此從和靜玄言語衝突，直到和滅絕動上了手。

張無忌不敢和殷梨亭相認，同樣也沒在舅舅殷野王面前洩底。但無論如何，他卻不能置將要被親生父親劈於掌下的殷離於不顧，在殷無福、殷無壽就要把殷離帶走之際，意欲出手搶人。不過，此時卻殺出個青翼蝠王韋一笑，奪去殷離。張無忌不知韋一笑有意相救，循著足印追趕。不期然間，又被布袋和尚說不得以「乾坤一氣袋」罩住，帶往光明頂，和五散人、楊逍相遇。

就在五散人和楊逍脣槍舌劍之時，在少林寺中化名圓眞的混元霹靂手成崑也潛上光明頂，以「幻陰指」偷襲韋一笑、楊逍和五散人。這七人本來寄望在袋中的張無忌出手相救，但無忌在袋中不能視物，也中了圓眞一指。圓眞此時雖然疲累欲死，卻於破壞明教一事十分得意。當下便將自己和陽頂天的夫人原來是同門師兄妹，後來陽夫人是如何下嫁陽頂天，日後如何在明教聖地的秘道中私通，陽頂天知道後又是如何傷心，以至於練功時走火入魔而死等一切根本始末，一一道出。

張無忌雖然受了成崑一記幻陰指，但因自十歲那年中了「玄冥神掌」以來，行住坐臥間皆習於與陰毒抵禦，加上九陽神功的陽氣充沛，因此成崑那一指不足爲患。可是另一方面，他的九陽神功無師自練，不知如何導引以打破最後一個大關，身處乾坤一氣袋中，九陽眞氣無處宣洩，反過來在他身上衝激，加上這幻陰指的引發，竟將他周身的數十處玄關一一衝破，順勢爆開了乾坤一氣袋，同時九陽神功也在此時大功告成。

成崑本想趁張無忌迷惘不定時予以除去，不料此時的張無忌，武術招式雖然平庸至極，但說到內力，成崑哪裡會是張無忌的對手，何況他本身又重傷未癒，眼見情勢不利，便轉身逃命。張無忌發足追去，不意卻碰上了幼時的玩伴楊不悔，以及奉母親紫衫龍王，也就是金花婆婆之命，前來臥底以探查聖火令秘密的小昭。

小昭帶著張無忌進了地道，繼續尋找成崑。他二人在甬道內被成崑用巨石困住，無意中發現了明教的聖火心法乾坤大挪移，以及陽頂天的遺令和一幅秘道全圖。無忌經小昭之助，練成了乾坤大挪移，並配合新練的功夫，推開石門，出了通道。

他二人出來後，便趕往光明頂。其時已經到了六大門派圍剿光明頂之期，中原武林人士和明教教衆之間也已互有損傷。張無忌見到自己的外公、舅舅正和武當的師伯、師叔性命相搏，內心十分難過，便挺身而出，意欲化解這場恩怨。他先以精深的內力懾服了崆峒、少林、華山、崑崙各派的高手。他兼具正邪兩派的武功，引起了峨嵋滅絕師太的注意，而關心張無忌的周芷若，則假藉請教師父之機，暗中向張無忌指點。

六大門派中，只剩下武當和峨嵋兩派。滅絕師太以爲親自出馬，便能趁早料理了張無忌，因此拔出倚天劍，想制服張無忌。無忌缺乏得手的利刃，外公的白虹劍和周顚借給他的寶刀又先後爲倚天劍削斷。

先前周芷若提示張無忌八卦方位一事已引起了丁敏君的注意，張無忌和滅絕交手之際，隨手奪擲峨嵋弟子的長劍，偏偏避開周芷若的不奪，也令滅絕起疑。滅絕於是疾刺周芷若，以試探二人是否眞有情弊，張無忌情急之下，卻用了乾坤大挪移的巧妙功夫，奪過了滅絕師太手中的倚天劍。滅絕大怒，勒令周芷若以倚天劍刺殺張無忌。芷若腦中無法思索，居然一劍刺中了無忌右胸。此時宋青書乘人之危，想在這當口除去在他眼中已是情敵的張無忌。宋青書自然不是張無忌的對手，但他敗下陣後，無法忘懷楊逍奪妻之恨的殷梨亭又站出身來。

張無忌重傷在身，早已不知掩飾自己的身分，一句「殷六叔，你殺了我罷！」終於和恍如隔世的武當師叔伯相認，也化解了明教的危機。

各大門派至此散去，張無忌和武當四俠互道珍重後，隨外公和明教諸人暫留光明頂養傷。同時，張無忌因在六大門派圍剿時的適時伸出援手，成了明教衆望所歸的大英雄，從外公白眉鷹王開始，上上下下都擁戴無忌擔任教主。張無忌雖然覺得自己的年齡、見識等各方面都不適合出任，但在衆人簇擁之下，只得答應暫代教主一職。

由於陽頂天在遺書中提及，他謝世後，教主之位交由謝遜暫攝，張無忌於公於私都想迎回義父，於是率領幾位人手，意欲前往冰火島迎接謝遜。不料行不多時，竟遇上欲往光明頂接應卻遭到他人襲擊的各大門派人士。先前自行離去的殷梨亭也被少林金剛指力折斷各處關節。

眾人猶自驚疑不定之間，隨即誤入蒙古紹敏郡主在綠柳山莊設下的毒計，除張無忌以外，其餘盡數中了「醉仙靈芙」和「奇鯪香木」兩種香氣混合之毒。張無忌向趙敏索取解藥，兩人卻在陷阱中結下了一段孽緣。

無忌率同明教一行人至少林寺，就殷梨亭受傷一事問罪。哪知少林寺已遭劫難，這一筆帳不但嫁禍給明教，甚且言明下一個對象就是武當。張無忌心繫張三丰等人的安危，別過明教眾人，趕往武當山。原本閉關靜修的張三丰因事態緊急，也在俞岱巖稟報下出關應敵。假冒少林僧人的空相，利用張三丰乍見空性大師首級的驚愕之際，偷襲成功。

正在此時，趙敏又率眾前來，對武當十分不利。幸好張無忌於張三丰傳授俞岱巖太極拳時，乘機學得神功，又得張三丰傳以太極劍法，現買現賣，連續打敗趙敏手下諸人，也拯救武當於一厄，並治好殷梨亭和俞岱巖的殘疾。

張三丰等人見張無忌陰毒痊癒，武功又如此高強，自是十分安慰。不過當上教主的張無忌可難得清閒，和太師父、師叔伯小聚之後，旋即前往蝴蝶谷舉行明教大會。又從朱元璋口中得知，從光明頂下來的六大門派人士，已被蒙古人囚於大都，是故偕同明教諸人，前往大都萬安寺解救。期間，潛伏蒙古陣營的苦頭陀，即光明右使范遙，與明教兄弟相認。而無忌竟與敵對的趙敏愛苗漸增。

張無忌曾答應趙敏做三件事，頭一件便是去向謝遜借屠龍刀，加上金花婆婆此時擄持周芷若，也是要去找謝遜要屠龍刀，兩批人便一前一後，乘了船到靈蛇島。

金花婆婆雖和謝遜是故舊，但想起屠龍刀一旦在手，即可無懼於波斯明教總部對自己破掌教聖女之職的追殺，便顧不得朋友之義，欺謝遜眼盲，而將對其不利。另一方面，明教波斯總部的雲風月三使正好來到中原，尋找犯了教規的黛綺絲，也就是喬裝成龍鍾醜婦的金花婆婆。謝遜爲了故人之誼，和波斯三使眼看就要有一場生死之搏。值此際，張無忌當然不會坐視不理，也加入戰局，展開一場激烈打鬥。不料特殊際遇又再度降臨張無忌面前，讓他學得了聖火令上的高深武功。而金花婆婆的生命雖然保住，可是她的獨生愛女小昭卻因此付出了代價，替代母親接受了掌教聖女的職務，隨著三使回歸波斯。

此事暫了，周芷若恪遵師父遺命，設法取得屠龍刀，但爲嫁禍趙敏，不惜重傷殷離和謝遜。張無忌傷心之餘，以爲表妹已死，特別爲她立碑造墳，誓言要爲表妹報仇，並在義父主意下，與周芷若訂下婚約。

無忌回到中土，無意間得知宋青書和丐幫勾結。隨趙敏追查下去，差點被師叔伯誤會成是殺害莫聲谷的逆子，千鈞一髮之際，所有人才赫然發現，原來宋青書因偷窺峨嵋女眾臥室，被莫聲谷撞見，以致有以姪弒叔、被迫投效丐幫之事。

趙敏算準了張無忌和謝遜會來到大都，利用皇城大遊行時，安排了周芷若欲殺謝遜和殷離的花車，藉此向無忌提醒殷離並非她所殺。無忌一時以爲那是趙敏刻意侮辱周芷若，爲了安慰芷若，便擇期和周芷若完婚。

就在一對新人即將拜堂之時，趙敏卻拿了一束金毛獅王的頭髮，阻止二人的婚禮繼續。周芷若氣極，以九陰白骨爪傷了趙敏，但張無忌仍拋下芷若，隨趙敏而去。

趙敏帶著張無忌去尋謝遜，到了少林寺下，無忌假扮成易三娘的兒子，混進寺中充作香積廚為準備屠獅大會的雜役。到得晚間，相機尋訪義父下落。終於有一天，教他跟隨著圓真，來到囚禁謝遜地窖的三株松樹前，和看守謝遜的少林高僧渡厄、渡劫、渡難展開一場畢生最驚險的打鬥。翌日，明教教衆也到達少林寺與無忌會合。

到了端陽節那天，各路英雄好漢也齊集少林寺，或為屠龍刀，或為與謝遜的私人恩怨而來。當上峨嵋掌門的周芷若也帶著門人上山，其中包括背叛武當的宋青書。大會規定，群雄比武後，最後哪一門派武功最強，謝遜和屠龍刀均歸其所有。少室山上之厮殺慘烈，可想而知。令人訝異的是，峨嵋派不但以霹靂火彈爆斃其他門派人士，周芷若也幾以九陰白骨爪重傷殷梨亭和俞蓮舟。張無忌出手想救，又險些傷在周芷若手下。

為救謝遜，張無忌索性以周芷若手下敗將的身分出現，求芷若幫他對付少林渡字輩三僧。無忌本有機會救出謝遜，但謝遜在地牢中，深受佛法感化，自願留在寺中。不過，謝遜倒是了了和成崑之間數十年的恩怨。

趙敏從周芷若處順手牽羊盜來了《武穆遺書》和《九陰眞經》，無忌據此和各路英雄將元兵打得七零八落。可惜中了朱元璋的奸計，退出大明江山的坐擁。

幾乎誤入歧途的周芷若，於殺害殷離一事，寢食難安，幸虧殷離適時出現，使她罪名不再。周、趙二人也因爲無忌的關係，嫌隙盡去。只是紅玫白雪如何共處，就有賴張教主日後費心安排了。

張無忌的人生哲學

性情篇

俠義本色‧與生俱來

俠義精神是武俠世界裡不可或缺的一個必要條件。張無忌縱使沒有被賦予像郭靖、楊過那種「爲國爲民，俠之大者」的深沈使命，但似乎在他血液的脈動裡，或者說是他自父親張翠山處遺傳和學習而來的俠義之道，較諸先賢，並不遜色。

張無忌的俠義之心，總是在關鍵時刻自然流露。在回歸中土之前，謝遜因別離在即，在一個寧靜的夜空下，和張翠山一家三口從屠龍刀談起，繼而述說了數十年的江湖經歷、和成崑之間由師徒而仇敵之恨，以及隨之而來的種種。如果說成崑是謝遜這輩子最大的恨，那麼空見大師絕對是他這一生最深的痛。當說到空見大師是如何決心要化解這場恩怨，甘心受他一十三拳。十拳過後，空見大師見他面如白紙，叫他停神再打時，張翠山聽得十分心焦，張無忌卻在此時說：「義父，下面還有三拳，你就不要再打了罷。」謝遜問爲他甚麼，張無忌則是聽了上面的故事，直說老和尚為人很好，若是義父打傷了他，心裡豈不將過意不去？而倘若傷了自己，當然也算不上好事兒。令得張翠山、殷素素心想，這孩子小小年紀，居然有此等見識，可說極不容易，對無忌的心地宅厚十分欣慰，而幾十年來悔恨於殺害空見大師的謝遜，更是自嘆當時見識之不及眼前義子。

那年，張無忌才八歲。

四年後，張無忌因「玄冥神掌」之毒，在張三丰和武當七子全力照料下仍無起色，張三丰為了愛徒張翠山的骨血，只得不惜武當開山祖師之尊，帶著無忌上少林寺求《九陽眞經》，希望能藉修練眞經，去除體內寒毒。未料空聞等人囿於門戶之見，竟是予以回絕。張三丰帶著無忌下得山來，料想他命不長久，斯時便斷了醫治的念頭，一路上只是跟他說些笑話，互解愁悶。兩人渡船過漢江，隨著漢水波浪滔滔，張三丰內心思如浪濤，沒想到，張無忌對於自己的生死已經置於度外，甚至安慰太師父，說死了之後便可見到爹爹媽媽。至於對未能得到《九陽眞經》的遺憾，他在乎的卻是未能讓筋骨斷裂的三師伯俞岱巖因此受益，治好手足殘疾。這怎不使得已逾百歲高齡的張眞人既心疼，又感傷。

胡青牛夫婦死後，又遭遇到紀曉芙被逼身亡的變故，張無忌只得受紀姑姑之託，帶著楊不悔到崑崙山找楊逍，一路上受盡風霜，幾度遇難，都奮不顧身地擋在楊不悔前面，若不是心中那無可替換的俠情義骨，恐怕有好幾次楊不悔都要成爲刀俎下的犧牲品了。他們二人從胡青牛那兒出來，不意碰上了餓得喪失人性的簡捷、薛公遠及其同門，本以爲簡、薛二人曾受過他救命之恩，理當圖報，沒想到五日五夜沒一粒米下肚、盡啃些樹皮草根的簡捷橫眼瞧著楊不悔，嘴角邊卻滴下饞涎，伸舌頭在嘴唇上下舔了舔，覬覦細皮白肉的楊不悔。

張無忌見簡捷眼中射出餓火，已如頭餓狼一般，咧開了嘴，露出一口閃閃發亮的牙齒，神情可怖至極，當下不及細想，忙將楊不悔摟在懷裡。

薛公遠何等人也，一下就用話套出紀曉芙已死，也更加沒了顧忌，和簡捷互相打個眼色，兩人霍地躍起。簡捷兩手抓住張無忌雙臂，薛公遠則下手抱起了楊不悔。

張無忌大概從來沒想過這個世界上居然會有如此喪盡天良的人，何況這兩人又都曾在他手底下求他治病，而今卻恩將仇報，把他二人當作了俎上之肉，驚愕之下，仍不忘反抗……

張無忌驚道：「你們幹甚麼？」簡捷笑道：「鳳陽府赤地千里，大夥兒餓得熬不住啦。這女孩兒又不是你甚麼人，待會兒也分你一份便是。」張無忌罵道：「你們枉自為英雄好漢，怎能欺侮她小小孤女？這事傳揚開去，你們還能做人麼？」

簡捷大怒，左手仍是抓住他，右手夾臉打了他兩拳，喝道：「連你這小畜生也一起宰了，我們本來嫌一隻小羊不夠吃的。」

張無忌適才舉手投足之間便擊倒兩名村漢，甚是輕易，但聖手伽藍簡捷是崆峒派好手，一雙手上練了數十年的功夫，張無忌給他緊緊抓住了，卻哪裡掙扎得脫？薛公遠的兩名師弟取過繩索，將兩個孩子都綁了。張無忌知道今日已然無倖，狂怒之下，好生後悔，當初實不該救了這幾人的性命，哪料到人心反覆，到頭來竟會恩將仇報。

簡捷道：「小畜生，你治好了老子頭上的傷，你就算於老子有恩，是不是？你心中一定在痛罵老子，是不是？」張無忌道：「這難道不是恩將仇報？我和你們無親無故，若非我出手相救，你們四人的奇傷怪病能治得好麼？」

薛公遠笑道：「張少爺，我們受傷之後醜態百出，都讓你瞧在眼裡啦，傳將出去，大夥兒在江湖上也不好做人。今兒我們實在餓得慌了，沒幾口鮮肉下肚，性命也是活不成，你救人救到底，送佛送上天，再救我們一救罷。」簡捷惡狠狠的猙獰可怕，倒也罷了，這薛公遠笑嘻嘻的陰險狠毒模樣，張無忌瞧著尤其覺得寒心，大聲道：「我是武當子弟，這個妹子是峨嵋派的。你們害了我二人不打緊，武當五俠和滅絕師太能就此罷休嗎？」（第十四回・當道時見中山狼）

張無忌不像楊過，會在霍都喝他「小畜生！快滾開！」時以「小畜生罵誰？」繞彎子叫別人上當。他這時身陷歹人之手，眼看要給人活生生的煮來吃了，不由得張惶失措，只能出聲哀求。可是薛公遠這些江湖無賴卻洋洋得意，反而嘲笑峨嵋和武當來。這一來不但沒教張無忌打退堂鼓，反倒更激起了他的骨氣，把簡、薛訓斥得無地自容。

張無忌提氣大喝：「薛大爺，你們既是非吃人不可，就將我吃了罷，只求你們放了這個小妹子，我張無忌死而無怨。」薛公遠道：「為甚麼？」張無忌道：「她媽媽去世之時，託我將這個小妹子去交給她爹爹。你們今日吃我一人，也已夠飽了，明日可以再去買牛羊米飯，就饒了這小姑娘罷。」

簡捷見他臨危不懼，小小年紀，竟大有俠義之風，倒也頗為欽佩，不禁心動……（第十四回．當道時見中山狼）

這一場劫數才過，到何太沖家裡替他五姨太療毒，可是這一來，卻惹怒了心懷妒意、原欲下毒害死何太沖寵妾的班淑嫻。班淑嫻毒計眼看就要得手，不意卻殺出個妙手小神醫，把她一番布置完全破壞，對之憎恨已極，便調了一壺毒酒，讓何太沖分派個倒楣鬼來喝。

何太沖身爲崑崙掌門，坐擁三聖坳，自己當然不願喝那毒酒，也不可能捨得給他最嬌寵的五姨太和愛徒詹春喝，張無忌呢，總算是他的恩人，權可豁免，於是那杯毒酒只能給跟他非親非故的楊不悔。

張無忌本盼何太沖爲他們求情，不料何太沖、五姨太、詹春都不發一言。他心中冰涼，眼見這些個從他手底下活命的人，在他遇到危難之際，居然一個個袖手旁觀。爲捨身救楊不悔，於是自告奮勇，願意代不悔喝下那杯毒酒，只求詹春在他死後把楊不悔送到坐忘峰楊逍處。然而詹春雖口頭答應，卻只是隨口敷衍，張無忌更是失望，任何太沖把大半壺毒酒灌入口中。

但班淑嫻並不因此放過，在各人身上都點了穴。幸虧張無忌在冰火島上曾從謝遜處學得解穴之法，班淑嫻走後，他自行解開被點諸穴，再嘔出毒酒，拿出一顆黑色藥丸，假稱會在十二個時辰後令五姑斷腸心裂而死的「鳩砒丸」，塞入五姨太口中，以此脅迫何太沖帶他和不悔出去。

張無忌幫助何太沖解開穴道之後，何太沖帶著張無忌和楊不悔離開三聖堂，但班淑嫻緊緊追來，何太沖認爲不便再送行，於是要他們自行離去。張無忌這時覺得何太沖還不太壞，便據實以告，說之前給五姨太吃的藥並非有毒性的「鴆砒丸」，只是一枚潤喉止咳的「桑貝丸」。何太沖之所以願意他們離開，全是爲了愛妾服下的毒丸，這下發現原來上了張無忌的大當，哪裡還待得住，只往張無忌亂打一氣。

這時班淑嫻帶著兩名弟子追來，見張無忌並不抵禦，不免無趣，便叫何太沖打楊不悔。楊不悔年紀尚小，哪裡經受得住，登時哇哇哭了起來。張無忌怒斥何太沖，爲何欺負小小女孩。即連心狠手辣的班淑嫻都說：「人家小小孩童，尚有情義，那似你這等無情無義的薄倖之徒。」

爲保全楊不悔而義無反顧，讓張無忌吃了不少苦頭，也讓他見識到恩將仇報的中山狼。而除了和幼時小友的這一番經歷外，張無忌還有一段常被提出來討論的俠義之行，那就是和小昭同在光明頂秘道中，點燃火藥欲打開石室的那一段。

他從小昭手裡接過火把，小昭便伸雙手掩住了耳朵。張無忌擋在她身前，俯身點燃了藥引，眼見一點火花沿著火藥線向前燒去。

猛地裡轟隆一聲巨響，一股猛烈的熱氣沖來，震得他向後退了兩步。小昭仰後便倒。他早有防備，伸手攬住了她腰。石室中煙霧瀰漫，火把也被熱氣震熄了。

張無忌道：「小昭，妳沒事罷？」小昭咳嗽了幾下，道：「我……我沒事。」張無忌聽她說話有些哽咽，微感奇怪，待得再點燃火把，只見她眼圈兒紅了，問道：「怎麼？妳不舒服麼？」

小昭道：「張公子，你……你和我素不相識，為甚麼對我這麼好？」張無忌奇道：「甚麼呀？」小昭道：「你為甚麼要擋在我身前？我是個低三下四的奴婢，你……你貴重的千金之軀，怎能擋在我身前？」

張無忌微微一笑，說道：「我有甚麼貴重了？妳是個小姑娘，我自然是要護著妳些兒。」（第二十回．與子共穴相扶將）

或許是過去的環境逼使小昭時時生活在戒慎恐懼、防備自衛之中，張無忌不過一個普通人正常的表現就使得這個年歲稚幼卻飽經風霜的小姑娘感激涕零，從此不但換來傾心對待，且在處處爲他著想下努力使這份感情昇華，實是人性中光明面發揮的寫照。

猶豫性格・臨事難斷

有張翠山和殷素素這樣的父母，照理說張無忌不該是個笨蛋，而他也的確不笨，否則要在胡青牛那兒短短兩年之內，不只讀遍古往今來的醫書，還盡得蝶谷醫仙的眞傳，小小年紀就具備一代名醫的醫術，可想而知是件多麼不容易的事。想想當代攻讀醫科的學生，莫不是校園中的拔尖人物，尙且被要求須比其他科系的學生多花相當時間和精力，才能完成濟世救人的基本訓練，張無忌讀書的本領實令人不得不讚服。

文采如此，再就武功來說，雖說是他的際遇得天獨厚，學習乾坤大挪移和聖火令武功前已有九陽神功作基礎，但想那九陽神功是何等奧妙的武學大成，張無忌卻可以在無人指導之下，以四年的時間，從靑澀之年，到未及弱冠，便竟其功。乾坤大挪移更不用說了，明教前後幾任教主豈有泛泛之輩？可是卻個個功敗垂成，可見若不是有相當智慧，就算寶物當前，也是枉然。

張無忌不只是個武學奇才。他不像周伯通那樣愛武成癡，何況，他練的幾門功夫，都包含了東方哲學中十分深奧的哲理。可知張無忌的猶豫，絕對不是來自於他的智慧不足。其實從他的處事態度來看，在善惡的取捨上他是毫不猶豫的，只有在那些不涉及是非的地方，才顯得有些不定。這其中的原因，絕大部分是來自於這前二十年的生活環境。

和他的父母相比，張翠山在武當山的日子少說也有十年，不但有當代武學泰斗張三丰的調教，而且武當七俠在江湖上行俠仗義，見過的場面不是一般村夫野婦所能相比。殷素素更不用說了，紫微堂堂主的封號雖然是拜血統所賜，可是她隨著殷天正在大風大浪上起伏的日子也絕對少不了。反觀張無忌，雖有聰慧過人的一雙父母，還有一個令人聞之喪膽的義父，可是自他出娘胎以來的第一個十年，卻是在冰火島上度過，那一塊不知有漢、無論魏晉的桃花源，只是提供他平平安安、快快樂樂的所在。到了武當山才幾天，便遇上人生極大的變故。心靈上稚齡失恃失怙的無助，加上身體上那折磨得他死去活來的玄冥神掌，養病都來不及，太師父、師叔伯的呵護，都只是希望補償他所有的不幸，在不知他的傷能有幾分治癒的希望時，只能盡其所能地愛護。到了蝴蝶谷的日子，胡青牛的地盤原本就鮮少有人煙，古怪的脾氣也使得他不會有太多訪客，自然不需要什麼應對進退的本事。好在張無忌在武當那兩年並未使他恃寵而驕，病魔也沒有扭曲他的心志，和胡青牛的相處也尚稱愉快，只是這樣沒有歷練的生活，畢竟難以訓練他成為一個凡事果斷抉擇的人。

簡單來說，張無忌的猶豫主要的原因是由於他的見識不夠廣。他的武功雖然足以在當世睥睨所有英雄，但那只有在需要顯示武功的時候才派得上用場，其他不需要動用到武功的時候，他就顯得不知所措。這就像一個滿腹經綸的大學問家，在學術的象牙塔裡或許游刃有餘，可是如果把他放到別的領域，還期待他能有什麼作為，那就有高估之虞了。

他被布袋和尚說不得用布袋扛到光明頂，未久圓眞也來到眾人所處的大廳上，一口氣偷襲了五散人、韋一笑和楊逍，五散人勁力全失，楊逍和韋一笑均連中兩指，一時動彈不得。說不得突然想起布袋中還有一人，雖不知道他是何許人也，要求張無忌上前將圓眞打死，卻是眼前救他幾人的唯一希望。圓眞那時還未說出自己的本來面目就是混元霹靂手成崑，張無忌自然也還不知道這就是害得義父家破人亡，幾十年來含冤莫白的凶手，於是他心裡的矛盾便開始掙扎。他那時尚不知圓眞的眞實身分，只是想著：

這圓真和尚出手偷襲，極不光明，但要上前將他打死，卻非本心所願，何況這一掌打下了，那便是永遠站在明教一面，和六大門派為敵。太師父、武當六俠、周芷若等等，全成了自己的敵人。又想：「明教素被武林中人公認為邪魔異端，如韋一笑吸食人血，義父濫殺無辜，確有不該之處，太師父當年諄諄告誡，千萬不可和魔教中人結交，以免終身受禍，我父親便因和身屬魔教的母親成親，因而自刎武當山頭，殷鑑不遠，覆轍在前。何況這圓真是神僧空見的弟子，空見大師甘受一十三掌七傷拳，只盼能感化我義父，結果卻身死拳下，這等大仁大義慈悲心懷，實是武林中千古罕有，我怎能再傷

他弟子？」（第十九回・禍起蕭牆破金湯）

反過來說，如果只是臨事經驗不豐，經過幾次訓練之後，也可期待他從教訓中學習如何更爲老練。可是張無忌的致命傷卻是，在事情涉及到和「人」有關的因素的時候，他常會加入許多私人感情，這也使得他在一群行事講究快刀斬亂麻的江湖人物間，顯得特別的拖泥帶水。

像是接下來不久，他在光明頂上被滅絕師太逼得用外公的白虹劍和她對招，表面上看來，一則張無忌生平沒練過劍法，二則倚天劍實在太過鋒利，滅絕師太連刺三劍，張無忌手中白虹劍已剩半截，滅絕再接著八下快攻，他已處於挨打的局面。滅絕師太當然也知道，張無忌吃虧在少了對敵閱歷，並非技不如人，心中雖自駭異，還是叫張無忌去換過兵刃，再來鬥過。

張無忌缺乏對敵閱歷及其隨之而來的猶豫不決，在此時顯現無遺。在這生死交關的當口，何況又有排難解紛的神聖使命在胸，張無忌該在意的是孰先孰後、孰重孰輕的問題，可是他卻把對親人的感情加諸在身外之物的一把劍上，在對方凌厲的倚天劍下，他想的居然是：「外公贈給我的一把寶劍，給我一出手就毀了，實是對不起他老人家。還有甚麼寶刀利刃，能擋得住倚天劍的一擊？」

相對來看，臨敵經歷豐富的周顛，就要比他乾脆得多了。對明教其他人來講，此時不但個人性命交關，且又關係著教派的生死存亡，如果這兩者失去了，其他甚麼都是假的。於是毫不吝惜地讓張無忌用他的寶刀，再去和滅絕一鬥。可是，張無忌還未能從寶刀存毀的兩難中抽離出來，直到周顛明明白白跟他說：「損了便損了。你打她不過，我們個個送命歸天，還保得了寶刀麼？」有了這一句當頭棒喝，才令張無忌在寶刀和眾人的生死存亡中擇定目標。

光明頂事件告一段落，當了明教教主的張無忌才帶了一干人等下山來，便又逢上殷梨亭被折斷所有關節一事。殷梨亭和俞岱巖的傷，在日後證明是西域金剛門人，也就是趙敏手下阿三所爲，可是一開始見得殷梨亭四肢膝、肘、踝、足趾、手指全被揑斷的情形，卻難以不教人誤判是少林大力金剛指下的功夫。

父母自刎當然是張無忌的錐心之痛，而張翠山和殷素素之所以自刎，可說全是爲了對不起俞岱巖。如今六師叔又傷在少林金剛指之下，如果再不找少林派交出罪魁禍首，豈不既對不起俞、殷二位，也對不起死去的父母？但上得少林寺去，如果寺方行事明快，交出行兇之人，問題自然不大，否則豈不是要明教和武當聯手，共同對付少林寺？而前不久和明教兄弟歃血盟誓，不再向各門派幫會尋仇生事的誓言，又該作數嗎？反覆思量，到了半夜好不容易才決定上少林寺去找空聞住持說明前因後果，可是一想起萬一把話說僵，動手與否，似乎又成另一個難題。就像他自問自答的：「事情一旦鬧到自己頭上，便立時將誓言拋諸腦後……」

這幾件事歸結起來總算還有個是非可以討論，便教張無忌如此爲難。如果事情無關大是大非，而且自己的狀況又是莫須有的被誤會，他的不知所措，就更可以想像得到了。

張無忌和幾位師叔伯一向交好，唯一的一次誤會便是莫聲谷慘遭宋青書殺害，無忌被疑爲是兇手那一次。這其中的問題當然有一大部分原因是一向謹慎穩重的宋遠橋，全沒料到自己培養出來的武當派第三代傳人，居然爲了一個女子做出了弒叔的人倫悲劇，一方面又因先天上對趙敏心存偏見，於是當他們看見莫聲谷在天津客店匆匆留下「門戶有變，亟須清理」的八個字，有子不肖的宋遠橋沒想到問題會出在自己兒子身上，卻懷疑起和趙敏交往的張無忌來。

因此趙敏把張無忌從婚禮上逼了出來，不意碰上四位師叔伯追查門人殺害莫聲谷的兇手。恰巧此時張無忌發現莫聲谷的屍身，想起師叔對自己的種種好，斗然見他慘遭害命，驚慌悲痛之下，顧不得宋遠橋還在懷疑自己，反而抱著屍體往外走。幸虧趙敏心思巧變，縱身而出，以峨嵋劍法誘開武當四俠，調虎離山而去。至於四俠去而復返，則是出自足智多謀的張松溪之議，又是另一著棋段了。

上面一件事只是間接和周芷若、趙敏有關，如果直接碰上他二人的事情，那可就眞是剪不斷理還亂了。

像是無忌和謝遜、周芷若要離開小島時，適有蒙古水師軍官駛帆船相迎。上船前，張無忌問謝遜，不知趙敏是否會在船上。謝遜說，若是趙敏也在船上，事情倒是簡單，只要留心飲食，免再著了她道便是。問題是，事情可能又比這更悲觀，謝遜以爲，趙敏彼時絕對不在船上，她是師法那些波斯人的故智，把他們幾個人都騙上船去，待船航行到大海中，再由蒙古水師開砲將他們座船擊沈。

雖然事後證明謝遜此時已知對他不利的是周芷若，而非趙敏，但既假設一切罪行是趙敏所爲，便要依照趙敏原先的行事規則去推演。以張無忌的婦人之仁，想起若是開砲轟船，就連拔速台等這些蒙古官兵，要一起枉送性命，身上不禁涼了半截。可是謝遜卻明明白白告訴他：「無忌孩兒，這些執掌軍國重任之人，焉會愛人命？若是似你這般心腸仁慈，蒙古人能橫絕四海、掃蕩百國？自古以來，哪一個立大功名的英雄不是當機立斷，要殺便殺？別說區區官兵，便是自己父母子女，也顧不得呢。」

他向來知道蒙古人對敵人十分殘忍暴虐，但想對自己部下總須愛惜。想想自己，就算統率中原豪傑驅逐韃子，日後要治國平天下，恐非力所能及了。

心胸開闊・不記前仇

張無忌老是給人猶猶豫豫的印象，雖然算不上甚麼了不得的大缺點，但畢竟不是令人欣賞的地方。不過，觀察成長中的張無忌，他性情裡的寬恕，其實是最令人感動的。

他帶著楊不悔離開朱元璋和徐達等人後，一路往崑崙山方向而去，遇到偷看何太沖練劍而中了喪門釘的蘇習之，以及奉命前來追殺的詹春。蘇習之反手從自己背上拔出喪門釘，再一一擲向詹春。由於何太沖只給暗器，未給解藥，眼見兩人不能活命，不料人之將死，雙雙流露善念。

自從醫治簡捷和薛公遠而遭反噬之後，張無忌對武林中人便開始有了戒心。但聽得他二人自知命不久長，言語之中都有仁善之意，且又聽得蘇習之家中尙有一子一女，想起自己和楊不悔身爲孤兒之苦，便從草叢之中走了出來，爲兩人救治。

獲救以後，詹春見他小小年紀，居然治得所中喪門釘的奇毒，還識出釘上餵的是師父花圃中種的源自西域的青陀羅花，便順道帶張無忌回崑崙山。

回到三聖坳，正逢何太沖最爲寵愛的第五小妾，中了班淑嫻精心布置的「靈脂蘭」奇毒，原本一個美人胚子，一張臉此時卻腫得跟豬八戒似的。何太沖請來四川、雲南、甘肅一帶最有名的七個醫生，卻是個個見解不同，也沒一張藥方管用。詹春想起張無忌對醫療似乎有一套獨特的見解，便向何太沖推薦張無忌為五姑療毒。

詹春回到廳上，將張無忌帶了進去。張無忌一見何太沖，認得當年在武當山逼死父母的諸人之中，便有他在內，不禁暗暗惱恨。但張無忌隔了這四、五年，相貌身材均已大變，何太沖卻認他不出，見是個十四、五歲的少年，見了自己竟不磕頭行禮，側目斜視，神色間甚是冷峭，當下也不暇理會，問詹春道：「你說的那位醫生呢？」

詹春道：「這位小兄弟便是了。他的醫道精湛得很，只怕還勝過許多名醫。」

何太沖哪裡相信，說道：「胡鬧！胡鬧！」詹春道：「弟子中了青陀羅花之毒，便是得他治好的。」何太沖一驚，心想：「青陀羅花的花毒不得我獨門解藥，中後必死，這小子居然能治，倒有些邪門。」向張無忌打量了一會兒，問道：「少年，你真會治病麼？」

張無忌想起父母慘死的情景，本來對何太沖心下暗恨，可是他天性不易記仇，否則也不會肯給簡捷等人治病，也不會給崑崙派的詹春療毒了，這時聽何太沖如此不客氣的詢問，雖感不快，還是點了點頭。（第十四回．當道時見中山狼）

這個例子當然不是唯一。此後光明頂一役，那一干所謂名門正派的耆老，有許多都是當年在武當山上和張翠山夫婦爲難的人，而張無忌一再出手相救的人，竟是他初回中原時，在海船中曾一再對母親殷素素口出無禮之言的西華子。

張無忌先是和何太沖夫婦不是冤家不聚頭。何太沖十年前在武當山上逼死他父母，後來幫他救了五姑後，還逼迫他和楊不悔呑服毒酒，把他打得鼻青臉腫，一把將他擲向山谷，若不是楊逍正好在旁，適時出手相救，他早就粉身碎骨。想到這裡，便想狠狠打他一頓，出了當日那口惡氣。

他雙臂一振，身子筆直躍起，在空中一個轉身，撲向西面一株梅樹，折下一枝梅花，迴身落地。並故意大讚當年何足道琴劍棋三絕，而將眼前的崑崙人物瞧得不堪一擊。

可是這時西華子卻大聲喝道：「小賊種，你有多大能耐，竟敢對我師父、師叔無禮？」而且一劍挺向張無忌背心。

張無忌在西華子偷襲時，並未轉身，只以左足向後翻，壓下來劍。回過頭時，卻見此人便是一再對母親口出無禮之言的人，心中十分酸楚。西華子此時想要抽劍，張無忌卻突然鬆腳，西華子不但向後摔倒，手中長劍並且斷成數截，手上握的只剩一把劍柄。

這一下，西華子自是丟了師門極大的臉，事後恐也受懲。一思之下，又罵了聲「小賊種」。張無忌方才只是小小懲戒，沒想他一再口出惡言，再度辱及逝去的父母，於是先點了他的穴道，再和何太沖夫婦以及華山派的高、矮二老比武。

（第廿一回．排難解紛當六強）

可令人難以置信的是，張無忌雖因此人十年前、十年後均有辱先人，可是他心中的仁念，卻不因私人恩怨而有一絲一毫泯沒。對一個受制於己的外人，仍儘可能不予傷及。反而是西華子的師父、師叔，亦即班淑嫻、何太沖夫婦，以及現在與之合作的高、矮二老，為了區區虛名，竟然不顧後輩的死活。

西華子當時動彈不得、卻又在幾大高手的劍招之間驚險百出的情形十分可笑，和他有師生之誼的班淑嫻眼見接連數次可將張無忌傷於劍下，卻因西華子橫擋其間，下不得手，恨不得一劍將他劈為兩段。一方面高老者也想乾脆一手除了這個障礙，倒是張無忌兩次三番出手迴護，使得西華子對張無忌的敵意和輕蔑，轉成了感激和敬重。（第廿一回．排難解紛六強）

到了這步田地，只要稍有人性的人便該知道孰是孰非。即使何太沖等人在拳腳刀劍上傷害了張無忌，還是算他們輸了。而先前以小人姿態出現的西華子，在張無忌這番行動的感化下，相信也已知道對張無忌心存感激。只可惜，張無忌乘機解開他的穴道，終究還是沒能保住他的性命。西華子解穴不久，便死在矮老者的手下。

無論如何，他死前可以說是和張無忌的恩怨已了，現場留下的，只是各派高手的慚愧，和張無忌令人動容的風範。

可是西華子的例子卻還不是張無忌以德報怨的極致，超乎常人想像的是，對於整得他前十年死去活來的仇家，在對方面臨生命關頭時，他還是暫時拋卻個人宿怨，伸手救了他們一把。不消說，那就是在他十歲那年使出玄冥神掌，在書中幾乎一直以反派面目出現的玄冥二老。

萬安寺起火，眼看就要燒死多少英雄好漢，裹在棉被裡的鹿杖客以及和滅絕師太在十樓劇鬥的鶴筆翁也在熊熊火光之中。張無忌使出乾坤大挪移，把一個個從高塔上躍下的高手橫向拍出，鶴筆翁摔下之時，張無忌明知此人曾累得自己不知吃了多少苦頭，父母之死也和他有莫大關聯，可是他的個性還是教他不忍袖手旁觀，任由他跌得粉身碎骨。雖然這兩人不如西華子感恩，最後也是在趙敏刻意挑撥之下才歸隱山林，但張無忌也不要求他二人作何回報，他這份心胸，的確已經超出一般俠者所能及。

富貴不淫・堅貞如石

世間的名利爲一般人所追求，尤其對以事業定英雄的男性社會來說，世俗名利的誘惑往往要比兒女情長更令英雄氣短。好在武俠世界中的男女主角在這方面都可以摒除人間煙火的誘惑，使俠義之名不墜，男女主角或正派人士更是個個可以對財富等有形物質天生具有免疫力。張無忌身負《倚天屠龍記》正面形象的重責大任，自然也不例外。

張無忌帶著楊不悔歷盡千辛萬苦，終於讓楊逍在何太沖差點把他摔死前把他們救下。楊逍得知紀曉芙爲己而死，又知張無忌答應了紀曉芙，把楊不悔送來。楊逍枉居「逍遙二仙」之名，所逍遙者，不過風度翩翩的皮相，於世間財色名利，卻是無一瀟灑。強逼紀曉芙，是著於色；與五散人不合，出於冀望權位；以己追名逐利之心揣度張無忌之所求，更是俗不可耐。

> 張無忌說道：「楊伯伯，我沒負紀姑姑所託，不悔妹妹已找到了爸爸。咱們就此別過。」楊逍道：「你萬里迢迢，將我女兒送來，我豈能無所報答？你要甚麼，儘管開口便是，我楊逍做不到的事、拿不到的東西，天下只怕不多。」

張無忌哈哈一笑，說道：「楊伯伯，你忒也把紀姑姑瞧得低了，枉自叫她為你送了性命。」楊逍臉色大變，喝道：「你說甚麼？」

張無忌道：「紀姑姑沒將我瞧低，才託我送她女兒來給你。若是我有所求而來，我這人還值得託付麼？」他心中在想：「一路上不悔妹妹遭遇了多少危難，我多少次以身相代？倘若我是貪利無義的不肖之徒，今日你父女焉得團圓？」只是他不喜自伐功勞，一句也沒提途中的諸般困厄，說了那幾句話，躬身一揖，轉身便走。

楊逍道：「且慢！你幫了我這個大忙。楊逍自來有仇必報，有恩必報。你隨我同去，一年之內，我傳你幾門天下罕有敵手的功夫。」

張無忌親眼見到他踏斷何氏夫婦手中長劍，武功之高，江湖上實是少有其匹，便只學到他的一招半式，也必大有好處，但想起太師父曾諄諄告誡，絕不可和魔教中人多有來往，何況他武功再高，怎及得上太師父？更何況自己已不過再有半年壽命，就算學得舉世無敵的武功，又有何用？當下說道：「多謝楊伯伯垂青，但晚輩是武當弟子，不敢另學別派高招。」（第十四回・

當道時見中山狼)

張無忌拒絕楊逍的，不只是財富，連武林中人視爲傳承榮耀的武功，他也拒絕得一乾二淨。

其實在金庸武俠系列的男主角中，很多都是在因緣際會下得高人指點，練成絕世武功，洪七公之於郭靖、歐陽鋒之於楊過、風清揚之於令狐沖……皆因此傳爲佳話美談，也算是男主角練成武功的正當管道。但張無忌除了在武當山上得張三丰傳授太極拳和太極劍外，他的九陽神功和乾坤大挪移，都是在「天賜」的機緣下無師自通的。

當然，練功的緣起也和各人性情不同有關。郭靖頭腦簡單，對任何事都不會想得太複雜，黃蓉磨著洪七公教他「降龍十八缺三掌」，他就一聲不吭地苦練。性子執拗的楊過，碰上瘋瘋癲癲的歐陽鋒，喪子的認子，喪父的認父，既有父子之誼，楊過那一套蛤蟆功自然也學得名正言順。王重陽和一燈大師爲了除去西毒這個禍害，還曾互傳一陽指和先天功。因此楊逍要傳張無忌武功，原本也是無可厚非之事，只是他忖度張無忌可以有所求的說法，惹惱了無忌那根倔強的神經，才會碰了一個大釘子。

楊逍以自己不夠高明的心胸衡量張無忌的情況，令人不禁聯想起中國禪宗史上很有名的一段公案。

話說宋朝大才子蘇東坡被貶到黃州時，和佛印禪師結為好友，兩人常在一起談論佛法。

有一天，蘇東坡和佛印禪師盤坐論佛。蘇東坡忽問禪師說：「禪師，您看我這坐相像不像一尊佛？」

禪師笑說：「像，的確像一尊佛。」

禪師接著反問蘇東坡：「那麼，您看我是不是也像一尊佛？」

蘇東坡平常老在言語機鋒上輸在佛印禪師手下，今日便想找機會扳回一城，便故意回答說：「不，我看你倒像一堆牛糞。」

禪師聽了非但不生氣，反而還顯得很開心。

蘇東坡回家以後，得意地把這一切沾沾自喜地告訴妹妹，說今天如何占了佛印禪師便宜時，沒想到蘇小妹卻說：「老哥！你輸了，不但輸了，而且輸得很慘。禪師的心已經到達佛的境界，是以觀看萬物皆是佛；你的心卻只能和牛糞一樣，所以看出來的東西也成了牛糞。」

這段公案記載在《東坡禪喜集》，自有宋以來，流傳甚廣。旨在告訴人們，以佛心之清淨，看待萬事萬物，一切呈現出來的皆是如來境界的清淨莊嚴；反過來說，如果一個人帶著有色眼光與既有成見看待他人，那以糞屎之心觀看出來的一切，都將充滿臭穢污濁。

張無忌不求名利的本性出於自然，別說區區楊逍的些許金銀武功，即使當世最大的權位，也動搖不了他的意志。以他後來在明教的聲望和地位，他日明教抗元有成，那大位一事對他這個教主來說，得來可說是水到渠成。那日他和周芷若、韓林兒、彭瑩玉觀看遊皇城歸來，彭瑩玉說起朱元璋、徐達、常遇春等年來攻城略地，甚立戰功，和韓林兒起哄說來日張無忌將可黃袍加身，周芷若便是母儀天下云云，張無忌卻十分反對，對他幾人說道：「韓兄弟，這話不可再說。本教只圖拯救天下百姓於水火之中，功成身退，不貪富貴，那才是光明磊落的大丈夫。」甚至詛咒起「不可，不可！我若有非分之想，教我天誅地滅，不得好死」的話。以張無忌的價值觀，「救天下百姓於水火之中」是他的分內職責所在，但名利富貴，則與他無關。因此後來朱元璋設計讓他退出皇位之爭，其實多此一舉。令張無忌寒心的，不是到手的龍袍不可得，只不過是徐達、常遇春為了一己功名，竟置義氣於不顧，至於他幾人口中所謂的「小賊」究竟是韓林兒還是他張無忌，已經不那麼重要了。

貧賤不移・堅韌不撓

和富貴不能淫相輔相成的，就是貧賤不能移了。自孔孟以來，「飯疏食、飲水，曲肱而枕之，樂亦在其中矣。不義而富且貴，於我如浮雲」、「一簞食、一瓢飲，在陋巷，人不堪其憂，回也不改其樂」就成了中國士大夫顛撲不破的價值觀，甚且衍繹成一種道德標準。這個標準不僅千百年來影響士庶人子評斷是非的準則，即連向來自外於正統宮廷體制的武俠世界，也難以脫離這套標準。因此火手判官張召重投靠清廷，反過來與自己的師門、國族作對便是罪大惡極，楊康捨不得離開養他育他的金國王朝和小王爺的身分，這等貪慕富貴自是可恥可恨。相應的，慕容復、左冷禪、朱長齡這些人，或爲名，或爲利，或爲一己之私想要攫取某些現實利益的都不算英雄好漢。

但若把富貴不淫和貧賤不移再作劃分，那麼後者的執行難度恐怕比前者還要來得高。畢竟每個人對富貴、對溫飽的需求度不盡相同，可是所謂「一文錢逼死英雄好漢」，人在饑寒交迫的時候如果還能維持他的志節，那的確不是常人所能輕易辦到。張無忌在可以富貴之時不爲所動，瀕臨絕境時也絲毫不減其堅定的意志。這兩件事說起來容易，但在實行上卻是要比想像中困難不知多少。尤其，在身旁沒有太多耳提面命、沒有壓力教條的張無忌卻做到了。

那時他們離開蝴蝶谷不久，和徐達、朱元璋才分手，也可以說是西行找尋楊逍的開始。兩個小孩沿途飽受風霜饑寒之苦，每日行行歇歇，走過安徽，到了河南，處處饑荒，遍地餓殍。張無忌做了一副簡單的弓箭，射禽殺獸，勉強維持自己和楊不悔的生命。

楊不悔年紀幼小，張無忌不知天高地厚，直到有一天在途中跟一個老人閒談，說到要到崑崙山坐忘峰去，老人覺得這小孩簡直在說瘋話，崑崙山距離河南何止十萬八千里，當年玄奘大師取經也歷經十九寒暑，憑他兩個娃娃，想到崑崙山眞是天方夜譚。

張無忌聽老人這一說，說不氣餒是騙人的，本也興起了回武當山找太師父的念頭，可是一轉念想起紀曉芙的重託，雖然再遠，他也不願中途退縮。再者想想自己壽命無多，這可能是身死之前最重要又最有意義的一件事。於是他咬緊牙關，與楊不悔繼續這一段艱辛的路程，最後總算沒有對不起紀曉芙。

威武不屈・堅忍自強

前兩項德行都具足了，另外一項「威武不能屈」自然也不可少。對每天在刀口上舔血過日子的大俠們，區區皮肉之痛當然不能算是對他們的折磨。俗話說，要學打人，必須先學會挨打。如果在受痛之時吭出聲來，那就算不得好漢。但對年僅十二歲的張無忌來說，已是難能可貴。何況，他所受的幾場痛楚有許多是亙古未有的。

那整得他死去活來的，自然非折磨了他好幾年的玄冥神掌莫屬了。可更令人不忍心的是，在求胡青牛救治的過程中，他又受了另一番苦。

常遇春帶他去求醫伊始，胡青牛本因張無忌是張翠山這個「名門正派」的後人一口回絕，加上張無忌十分倔強，脾氣古怪的胡青牛更是見死不救。直到他抓著張無忌的手腕，要將他摔出門去，發覺他脈搏跳動十分奇特，似乎中了玄冥神掌。玄冥神掌所發寒毒，他這一生之中還是第一次遇到，而張無忌中此劇毒後，不但數年不死，而且毒性纏入五臟六腑，更是匪夷所思，引起了他的興趣。於是他想出一個方法：我先將他治好，然後再將他弄死。

可是要將他體內散入五臟六腑的陰毒驅出，當真談何容易。胡青牛直思索了兩個多時辰，取出十二片細小銅片，運內力在張無忌丹田下「中極穴」、頸下「天突穴」、肩頭「肩井穴」等十二處穴道上插下。……

張無忌身上常脈和奇經隔絕之後，五臟六腑中所中的陰毒相互不能為用。胡青牛然後以陳艾灸他肩頭「雲門」、「中府」兩穴。再灸他自手臂至大拇指的天府、俠白、尺澤、孔最、列缺、經渠、大淵、魚際、少商各穴，這十一處穴道，屬於「手太陰肺經」，可稍減他深藏肺中的陰毒。這一次以熱攻寒，張無忌所受的苦楚，比之陰毒發作時又是另一番滋味。灸完手太陰肺經後，再灸足陽明胃經、手厥陰心包經……

胡青牛下手時毫不理會張無忌是否疼痛，用陳艾將他周身燒灸得處處焦黑。張無忌不肯有絲毫示弱，心道：「你想要我呼痛呻吟，我偏是哼也不哼一聲。」竟是談笑自若，跟胡青牛講論穴道經脈的部位。……（第十二回・鍼其膏兮藥其肓）

這一來，張無忌和這位脾氣古怪的神醫居然建立起師徒般的情誼。如此在谷中度過了兩年餘，張無忌雖未痊癒，但病情亦頗有起色。

無奈好景不常，金花婆婆因數年前和銀葉先生中了苦頭陀之毒，前來求醫。

胡青牛其時亦爲了非明教弟子不醫治的誓言，袖手不顧，與金花婆婆結下樑子。而今銀葉先生毒發身亡，金花婆婆便來尋胡青牛的晦氣。他自知難以抵禦，便想以詐死瞞住金花婆婆一時。

胡青牛和王難姑服毒詐死之後，金花婆婆去而復返，只見留在兩座假墳前嘆氣的張無忌。張無忌之前見紀曉芙等十五人被金花婆婆傷得這般慘酷，又見胡青牛夫婦對她如此畏懼，想像中她必是個兇殘絕倫的人物。可是此刻一見，雖然其臉上肌肉僵硬，不見喜怒之色，但感覺上卻是個溫和親切的老婆婆，因此對她不甚排斥，當金花婆婆問他是誰人之子時，他便毫無遲疑地說出張翠山的名諱。

世上覬覦屠龍刀的人何其多，就連金花婆婆這樣和謝遜有數十年交情的故舊，在碰上武林之中視爲瑰寶的屠龍刀時，也不能倖免地把友誼拋諸腦後。爲了屠龍刀的下落，金花婆婆把張無忌雙手骨節揑得格格作響，痛得他幾欲暈去，加上金花婆婆內功傳遞過來一股透骨的涼氣，從雙手傳到胸口，直是難熬難當。

張無忌痛得涕淚交流，可是仍不肯屈服，他大義凜然地金花婆婆說：「我父母寧可性命不要，也不肯洩露朋友的行藏，金花婆婆，妳瞧我是出賣父母之人麼？」任金花婆婆那鐵圈般的手指又箍得更緊，教他的手腕以至指尖全成了紫黑色，也不求饒。殷離向他使眼色，要他謝過婆婆饒命之恩，小無忌也不為所動，甚至冷哼了一聲，說道：「她殺了我，說不定我反而快樂些，有甚麼好謝的？」

在從崑崙山出來被班淑嫻和何太沖追殺時，適有楊逍及時相救。張無忌得知眼前這人便是紀姑姑臨終前將楊不悔相託要找的人，拉著楊不悔和生父相認，楊不悔眼睛看著楊逍，嘴裡忍不住問：「我媽呢？媽媽怎麼還不從天上飛下來？」楊逍聽得這句話，已經猜到十之八九，想起那個纖纖動人的紀曉芙，一別之後，竟成永訣，忍不住抓著張無忌肩頭，要張無忌說清楚些，一方面想確定楊不悔的媽媽就是跟他有一段孽緣的紀曉芙，一方面又不希望他們說的眞的是她。

眼看在他生命中最困苦的階段就要結束，金庸卻安排張無忌在帶著些許落寞風塵之色的楊逍手下，再被命運之神捉弄。而且這個看似溫文儒雅的光明左使，心神激盪時使起力來，卻一點也不客氣，抓得張無忌肩骨幾乎折斷。張無忌不肯示弱，不願呼痛，只在被抓得實在忍不住時叫了一聲。

楊逍聞知紀曉芙的消息，又見到自己的親生女兒，心神激盪，竟突然暈倒。

何太沖夫婦見此良機，乘機制住他要害。張無忌自己斷臂劇烈疼痛，心中卻始終清醒，眼見情勢危急，趕緊以足尖在楊逍頭頂「百會穴」輕輕一點，好讓楊逍對付何太沖夫婦。楊逍以怪異武功折斷何氏夫婦的用劍，但心中記掛著紀曉芙的生死，一手抱起楊不悔，一手拉著張無忌，奔出數里外，逕問張無忌有關紀曉芙的究竟如何。楊逍武功高強，說停就停，張無忌卻是收勢不及，往前猛衝，若不是楊逍適時拉住，已經摔倒。聽到楊逍問紀曉芙，他的回答是：「紀姑姑已經死了。你信也好，不信也好，用不著捏斷我手臂。」本來，他對紀曉芙的死必亦十分感傷，可是楊逍的行為實在有些魯莽，才會引來這句又乾脆、又賭氣的話。

面對長輩，且又是不悔妹妹的親生父親，他卻以近似頂撞的語氣回覆楊逍。此時的少年張無忌，倔強的性情絕不在一般的狂妄少年之下。不過隨著年齡的增長，這份稜角也漸漸磨平。二十歲以後的張無忌，對和他相互尊重的前輩都是彬彬有禮，而幾次折在他人手下的痛楚，也因武功的突飛猛進，當世無人能敵，而不用再受敗軍之氣。日後與人對陣，只有別人在他張無忌手下骨骼作響的分，他是再也不會吃這種鱉氣了。

張無忌的人生哲學

感情篇

雪嶺驕女・心如蛇蠍

如果把朱九眞的出現也歸入張無忌的糾葛之一，相信一定有不少人要站出來大聲反對，對男主角也是極其不公平的一件事。嚴格而言，朱九眞當然不能在張無忌的感情史上占有一席之地，但恐怕任誰都很難加以否認，張無忌青澀之年這一段「知好色而慕少艾」的付出，卻是他眞正戀愛前的練習曲。

這種還算不上初戀的單戀，在有些人是充滿苦澀，那種單相思的煎熬、得不到對方的酸楚，尤其眼看著自己的意中人竟然和別人出雙入對時產生的妒意，往往使單向付出的一方在從遐想回到現實時，彷佛從天堂掉進了地獄。當然也有些人有著甜蜜的回憶，這些人或許個性上比較豁達，也可能是對方亦維持單身身分而使得他可以保有一定的想像空間，以爲對方的一顰一笑，一舉手一投足，都像在給自己美麗的暗示，似乎這一段付出也得到相應的回饋。可是懵懵懂懂或許占了更多數，過了數年之後，曾經刻骨銘心的思念也成了過眼雲煙。然而以朱九眞爲傾慕對象這少年時代的第一支戀曲，對少年無忌來說，則是只有「倒楣」兩個字可以形容。

雖然經歷了何太沖的恩將仇報，本性善良的張無忌還是沒有對人性徹底絕望，在他因救了小猴而遭朱九真的狗將軍咬傷後，自然也不會對豢養獵犬的主人預設立場。何況，如果不是因爲朱長齡想要利用張無忌去取得屠龍刀，他充其量不過是在寒毒病發致死前，多被朱家用作家僮一段時間，也不見得就會受到多大的折磨，甚至瞞天過海的欺騙。

張無忌會到朱家，原是因救了獵犬追逐的小猴所致。他被獵犬咬傷醒來，想起受了這許多苦楚，原來是出於這位指揮惡犬的小姐所賜，就算脾氣再好，也不禁一時怒氣塡胸。可是這輩子到目前爲止沒見過妙齡女子的張無忌，一見到朱九眞的模樣，不但怒氣全消，而且不旋久便化成了滿腔愛慕。

> 張無忌和她正面相對，胸口登時突突突的跳個不住，但見這女郎容顏嬌媚，又白又膩，斗然之間，他耳中嗡嗡作響，只覺背上發冷，手足不住輕輕

顫抖，忙低下了頭，不敢看她，本來是全無血色的臉，驀地裡漲得通紅。

（第十五回．奇謀秘計夢一場）

看到這一段描述，不只叫人替張無忌不值，也覺得有點可氣。第一，他不僅把母親臨終的諄諄告誡拋到九霄雲外；第二，且對一個只謀其面未見其心的初識女子，居然視作可親可敬的對象。原本智商不太低的張無忌，此時卻是笨得十分不長進。喬福讓他換上僮僕裝扮，他的直覺反應是：「我又不是你家低三下四的奴僕，如何叫我穿這等衣裳？」雖說人不該有富貴貧賤之分，但張無忌的確和朱家不存在主僕關係，這一點骨氣倒是該有。可是一想到朱九眞，念頭立時又變成：「待會兒小姐叫我前去說話，見我仍是穿著這等骯髒破衫，定然不喜。其實我便是眞的做她奴僕，供她差遣，又有甚麼不好？」接下來的日子，他日裡夜裡盼的就是甚麼時候能夠再見到小姐一次，便是心滿意足。傻氣的程度，有點像《天龍八部》裡在曼陀山莊當花匠的段譽，只不過段譽最後終究贏得了美人心，而張無忌卻差點毀在朱家父女的奸計之下，其間的差別，直不可以道理計了。

張無忌那一點患得患失的情緒，怎麼瞞得過朱長齡這些工於心計的老傢伙？即使是衛璧和武青嬰這兩個年輕人，也不知比他世故多少倍。何況爲了屠龍刀，朱長齡也老實不客氣，編出一套恩公張翠山的戲碼，企圖讓張無忌對自己心存好感，再教唆自己女兒順水推舟讓他心甘情願說出屠龍刀的下落。

雖然武烈假扮的謝遜因爲雙目未盲而露出破綻，但老江湖的朱長齡立刻反應出一套新的說詞來哄騙無忌。無忌原本不是個使奸巧詐的人，何況他當時不過十四、五歲，當然很難在朱長齡的精心布置下跳脫。如果不是後來鬼使神差地讓他聽到朱長齡父女和武烈等人的對話，最後可能自己怎麼死的都不知道。

這之後，他終於知道朱長齡的爲人。對朱九眞，或許也經過一段痛苦的掙扎。幸好，那只是年少時的一種感情投射，還不到眞正的刻骨銘心，讓他見識的，應該是人心的複雜多於感情的苦澀。更幸好，五年後再見到朱九眞，心目中的天人已再平凡不過，不愉快的過去也未造成負面的陰影。

幼時小友・患難與共

男女之間的感情有許多種。雖然很多人嚮往一生中能碰上一段轟轟烈烈的生死之戀，可是這種你死我活的愛情占有慾太強。戀愛中的男女精神上承受的壓力和痛苦反而比甜蜜快樂來得多。很多人一談了戀愛就變得神經兮兮，原來開朗達觀的人也變得小心眼、疑神疑鬼起來。的確，情場中有太多的人，情人做不成而反目成仇。所以有時候，不涉及男歡女愛的純友誼，反而不容易變質，也往往能維持眞正的天長地久。

楊不悔和張無忌有緣也有分，他們相識得很早，除了在漢水舟中有餵飯之德的周芷若外，楊不悔比其他三美都早於進入張無忌的生命。他們之間的淵源也頗深，楊不悔的母親紀曉芙因殷梨亭之故，和系出武當的張無忌有一定淵源，父親楊逍後來更成了張教主的得力助手。但他們之間屬於兄妹的緣分顯然比變化到男女之情多得多。

當張無忌還在蝴蝶谷的時候，紀曉芙隨著其他十四名被金花婆婆打傷的人士前來求醫，在這之前，張無忌懵懵懂懂的從丁敏君口中得知紀曉芙背著殷六叔和別人生下了娃娃。當楊不悔眞正出現在他眼前時，已是個八、九歲的可愛女孩。紀曉芙的傷雖然給張無忌治好，可是滅絕師太卻在此時找到她母女，要她將功贖罪，設法殺了楊逍，紀曉芙不肯，就此死在師父掌下。臨終時，託付尚未成人的張無忌，把女兒送到崑崙山坐忘峰楊逍處。

蝴蝶谷位處皖北，坐忘峰地居西域，兩者相去何止千里。爲了不悔妹子，張無忌多少次出生入死。先是差點成了簡捷、薛公遠的盤中飧，後是爲何太沖五姨太療毒卻險遭班淑嫻毒手。自己一條小命幾次在鬼門關邊徘徊，所謂同生共死，不過如此。

好不容易楊逍適時在此出現，兩位小朋友暫時得以不再受饑寒之苦，但這時，卻也是兩人長久相處後分離的開始。此後楊不悔跟著楊逍回到光明頂過大小姐的日子，張無忌則在遭朱長齡欺騙後，入了山谷練成九陽神功。

再見時，張無忌已長成壯大，楊不悔也已婷婷玉立。說來戲劇張力十足，張無忌被說不得揹上光明頂，乾坤一氣袋爆破之後，爲了追成崑，張無忌無意中闖入了楊不悔的閨房，正好碰見楊不悔一劍要刺向小昭，出手相救，順口道出幼時稱呼，不悔妹妹、無忌哥哥因此相認。

二人重逢，恍如隔世，不過張無忌此時有要務在身，沒有時間和心情好好敘舊。此後經光明頂、綠柳山莊幾場風雨，楊不悔雖然因父親楊逍爲明教光明左使之故而和張無忌一路同行，卻一直未有進一步發展。即使韋一笑、說不得都很自然把他二人配成一對，甚至張無忌要去向楊逍說明不悔的心事時，楊逍也還以爲是來開口求婚，卻不知他們之間注定沒有這個緣分。

楊不悔向這位幼時拚過命照顧她的大哥哥吐露要將終身託付殷梨亭時，張無忌心中疑惑不定，說是不知此刻有何話說，其實有一半是期待她說出對自己的愛慕。見她未開言先臉紅，又提及紀曉芙生前託孤，只怕更加深那樣的揣測。及至楊不悔明明白白說清了照顧殷梨亭而漸生情愫，張無忌大吃一驚，差點說不出話來，顯然楊不悔說的話和他原來的預期有落差。楊不悔叨叨絮絮地敘說她對殷梨亭的感情，直到她走後，張無忌心中居然悵悵然，他的激盪大概比誰都來得大，祝福中許是少不了失落吧！

張無忌不是只有在面對要不要接任明教教主、練習乾坤大挪移心法這等男兒大事上被動接受他人的建議，在男女之情的互動上也是如此。從周芷若、趙敏，到殷離、小昭，只要任何一位姑娘向他吐露心事，他也必然動以眞情。假設當時楊不悔吐露的不是和殷梨亭互生情愫的心事，而是對他張無忌也從兄妹之情轉換成男女之愛，他恐怕也是來者不拒。那麼，就不只是四女同舟何所望，而是五女之想了。好在，金庸想起了紀曉芙，想起多情懦弱的殷梨亭，用楊不悔彌補了殷梨亭的遺憾，也少給張無忌一點負擔。

波斯聖女・如婢如妾

命運有時候似乎也會遺傳，至少在黛綺絲，也就是金花婆婆和小昭之間就遺傳了一部分。只不過金花婆婆對自己的感情較爲執著，她爲了愛情，不惜叛教出門，而且所叛之教把波斯的總教和中原的明教雙雙包括。而到了小昭，則只有默默付出，成全她所愛的人，卻永遠無法祈求回報。

張無忌和楊不悔重逢之際，也就是認識小昭之時。楊不悔因六大派圍攻光明頂一事心緒不佳，一口氣全發在小昭身上。此時從張無忌眼中看到的小昭，「雙腳之間繫著一根鐵鍊，雙手腕上也鎖著一根鐵鍊，左足跛行，背脊駝成弓形……右目小，左目大，鼻子和嘴角也都扭曲，形狀極是怕人。」不僅外相如此，說起話來的聲音也是嘶啞難聽。不過，張無忌並不因為這小鬟的長相醜陋而泯沒他的良心，反而心生憐憫，在楊不悔劍下出手相救。小昭大約也是感念素昧平生的張無忌竟會對己伸出援手，感激之餘，便答應帶他下通道去找成崑。為尋找成崑，他們嘗試用火藥炸開甬道內的大石，身為男子漢的無忌，不假思索擋在小昭之前，防範碎石炸藥傷及小昭。煙霧瀰漫中，小昭眼圈變紅不是怪事，問題是她連說話聲音也變得哽咽。張無忌出乎自然的關心，卻引來自小因躲避總教追殺而缺乏安全感的小昭更多的感動。為了再次感謝張無忌的眞心愛護，小昭決心協助他練習乾坤大挪移。

這之後，小昭對張無忌已是百分之百的信任和依戀。光明頂上，周芷若一劍刺中張無忌右胸，男女主角茫然不知所以，還待心痛卻需保持冷靜的小昭想起來向各大門派要金創藥。張無忌傷癒之後帶教衆下光明頂，本來沒有小昭的分，她卻拖著解不開的鐵鍊癡癡跟隨。

小昭的癡情和絕美，教張無忌不得不心動。只是小昭一直把自己定位在服侍教主的丫鬟，對張無忌縱使全心付出，卻又保持一定距離，因此張無忌雖然知道小昭對自己的一片情義，卻也不敢造次。直到小昭接下波斯總教的教主之位，想到這一別，不知何年何月再能相見，終於情不自禁，抱住這位已經成了他頂頭上司的女孩，一吻再吻，算是明白告訴她，他們之間實不僅只於教主丫鬟的關係。古人男女關係較嚴，一吻定情幾乎已是最大極限。小昭雖然答應了做聖處女，但她這一生恐怕怎麼也放不下這段曾經在驚心動魄的、在戰場上建立起來的感情。張無忌的感情生活中，形式上少了一位俏生生的小丫鬟，但同樣的，心底也不時浮上小昭爲他梳頭、更衣的親密舉動。

大約是年幼的形象所致，提起小昭，令人十分疼惜，也很容易讓人想起《鹿鼎記》中同樣以侍婢姿態出現的雙兒。憑良心說，小昭對張無忌的愛毋庸置疑，但是楊逍的懷疑和設防也不無道理。張無忌十五歲那年在蝴蝶谷初見楊不悔時，她大約八、九歲年紀。五年後張無忌二十歲，楊不悔應有十三、四歲。既然小昭比不悔更為年幼，那麼照推算應當只有十一、二歲。試想張無忌在朱長齡家受苦受難時，雖然脾氣極硬，不會因威逼而說出謝遜的下落，可也差點因對方的套問而鑄下大錯。此時的小昭比當時的張無忌年歲還更小，居然對《易經》的生剋已十分熟悉，銜母命混進光明頂，找尋乾坤大挪移心法，又隨時隨地裝出五官扭曲、跛足駝背的醜模樣，這絕對不是一個心思單純的少女能夠做得出來的事情。

幸好小昭的機靈沒用在壞地方，張無忌胸無成見地護著她，也換來她眞心的對待。只是張無忌的感情世界太過衆星拱月，小昭只不過是其中之一，未能發展成為足以和周、趙匹敵的對象。但饒是如此，也已在感情豐沛的張無忌心中留下不可抹滅的烙痕。

癡情表妹．一咬定情

在朱九眞之後，第一個進入張無忌感情世界的便是殷離。張無忌在漢水舟中遇到周芷若，是在進蝴蝶谷之前，但如果不是後來又有機會相遇，張無忌縱使永生難忘周芷若的餵飯之德，那也只不過是一場萍水相逢的邂逅，他二人情愫互生，是在多年以後。至於殷離的出現，雖然已經到了蝴蝶谷生活的尾聲，但情緣卻就此種下，不論張無忌變老變醜，都跟著他一輩子。

張無忌初見殷離，正値金花婆婆打傷紀曉芙等十五人，指使他們向胡青牛求診，胡青牛偕王難姑詐死之時。數日後，金花婆婆攜同殷離，去而復返。知道張無忌是張翠山的後人，金花婆婆立時想打探謝遜和屠龍刀的下落，對無忌用強。一旁的小殷離卻頗富同情心，見張無忌受苦，便向他使眼色，要無忌跟金花婆婆求饒。只是張無忌極是硬氣，不願屈服於金花婆婆的威脅。殷離表面上說無忌不聽話，不再理他，卻又偷用眼角覷他動靜。金花婆婆爲長期扣住張無忌，說要把他抓到靈蛇島和殷離作伴，殷離此時武功遠較張無忌為高，兩度抓住張無忌手腕脈門，張無忌為脫開殷離的掌握，一口咬得她手背上血肉模糊。與此同時，因滅絕師太和金花婆婆有場兵刃相交，金花婆婆憚於倚天劍的威力，帶著殷離悻悻離去。

殷離從此對無忌不能忘懷，其後幾年之中，一有機會，便要尋找當年在她手背上留下印記的張無忌，可是張無忌此時並不知道這個跟著金花婆婆的美貌小姑娘是自己的親表妹，更沒想到自己一時的舉動，竟然影響表妹一生。

真不知該說皇天對殷離是薄是厚。五年後的某一天，張無忌功成下山，除了一個被朱九真的惡犬咬死的路人、不再具吸引力的朱九真和她表哥衛璧，第一個有了正式接觸的便是殷離了。不過此時的殷離已經因為練「千蛛萬毒手」而改稱蛛兒，五年前的美貌小姑娘面目全非，變成了個面容黝黑、肌膚浮腫的醜陋村姑。差堪吸引人的只剩她一對湛然有神的雙眸，和苗條纖秀的身材。殷離如此，張無忌也好不到哪裡去，蓬頭垢面的樣子一時也難以叫人辨認出他便是當年那個清秀的張無忌。

殷離個性有其狠辣的一面，她小小年紀便因母親失寵而殺死二娘，只因朱九眞放惡犬咬過張無忌就了結她性命，甚至可以爲了未來的可能敵人練千蛛萬毒手。可是她的本性其實不壞，所以對這個不知底細的「曾阿牛」可以十分坦誠。張無忌未弄清殷離的眞正身分前，一直以爲自己對蛛兒的那份好感來自這女孩神情中幾分相似母親的影子，但又何嘗不是殷離對他的那份坦然感動了他！

他二人糊里糊塗，不知對方和自己淵源竟如此之深。只是張無忌一股自憐自傷的情緒，轉化成對蛛兒的同病相憐，進而興起共度一生的想法。心裡早已被小張無忌塡滿的殷離，對眼前這個斷了腿的醜八怪本來也不過是萍水相逢的念頭，可是在她殺了朱九眞，一口氣得罪武烈、武青嬰、衛璧、何太沖夫婦而遭追殺後，立時想到這些天來說過要照顧她一生一世的曾阿牛。

令人感嘆的是，她起先雖然知道眼前的阿牛哥哥待她極好，潛意識裡不能忘懷的卻還是那個不肯跟她去靈蛇島的小張無忌。但此後她時而把這二者合而爲一，時而知道阿牛眞心待她，時而又想著那個她一生癡戀的小張無忌。頭腦清楚的時候，她看得出曾阿牛見了美若天仙的周芷若便即失魂落魄；頭腦不清楚的時候，她又告訴趙敏和周芷若，她不會和她們爭這個醜八怪。

他二人落入峨嵋派之手，被雪橇拖著到了一線峽。蛛兒記掛著心中念念不忘的情郎，見到武當的殷梨亭，忍不住便詢問張無忌的下落。此時的殷梨亭，亦不知張無忌的下落，只說張翠山的墓木已拱，蛛兒聽到這裡，神色淒苦，對張無忌的悲慘命運不能自已。這一番自白般的傾訴，大約是幾位和張無忌有感情牽扯的女子中，最足以驚天地、泣鬼神的一幕。其他不論是小昭、趙敏，或是周芷若，雖然每一位都曾當面對張無忌表達她們的愛意，卻都不如殷離這段對面不相識的眞情告白來得感人。

張無忌聽著殷離向殷六叔打探自己下落，心裡從以爲她要道出自己的眞實身分，到明白表妹五年來不因時空而移轉的感情。自這個時刻起，張無忌把同病相憐的蛛兒和尋找自己的表妹殷離合而爲一。其後因趙、周之爭，殷離在張無忌的羅曼史中只淪爲邊緣角色。直到在冰火島上，誤以爲殷離被周芷若所殺，張無忌才不禁爲之掉下柔情之淚。爲了感念表妹對己的一片癡心，才立了一個「愛妻蛛兒殷離之墓」，更是在殷離「死」後，才想起表妹的重要性。

可惜殷離臨「死」時，一直不明白眼前這個待她很好的阿牛哥哥，便是不肯跟她去靈蛇島，還兇巴巴地對她，咬了她一口的張無忌。她問溫柔待她的阿牛哥哥，死後到了陰世，是否能遇到朝思暮想的張無忌。「復活」之後，碰巧教她聽見了張無忌和周芷若卿卿我我的對話。待爬出墓外，知道了張無忌便是曾阿牛，曾阿牛便是張無忌，她卻又硬生生地把這兩個角色分開，執意要尋找蝴蝶谷中那個狠霸霸的少年。

殷離和張無忌之間的感情，最令人動容的是那一份眞。不管是殷離記得的那個咬了她一口的小張無忌，還是從崑崙山摔下來以後想和蛛兒廝守一生的曾阿牛，那種發自內心的眞誠，絕不亞於那些所謂轟轟烈烈、海枯石爛的戀情。無怪乎小昭隨波斯三使離去前會告訴張無忌，殷離對他一往情深，是他良配。

船家貧女・漢水餵飯

周芷若和趙敏和張無忌的感情可論述之處甚多，但因二人有不少同時出現，甚至相互彼此影響與張無忌的情況，因此將有不少二女一同討論之處。

周芷若和張無忌相識甚早，早在他十二歲那年，隨張三丰赴武當山求《九陽眞經》不得，下漢水時於船家舟中結緣。周芷若其時約莫十歲，年紀雖小，卻可看出是個絕色的美人胚子。當時張無忌想起自己命不長久，食難下嚥，連張三丰餵他飯也不吃。周芷若忍住自己的喪父之痛，從張三丰手中接過碗筷，負起餵飯之責。她邊勸張無忌，說他若不吃，老道長心裡不快，也將吃不下飯，邊將魚骨雞骨細心剔除乾淨，每口飯中再加上肉汁，送到張無忌嘴裡。周芷若的細心服侍，讓張三丰寬慰，也讓張無忌一輩子感念。

漢水一別，再見時，一個已是長身玉立的健壯少年，一個是容顏秀雅的窈窕佳人。此時的張無忌蓬頭垢面，如果自己不說，只怕沒有人能認出他是何許人也。不過，想起漢水舟中的餵飲餵食、贈巾抹淚之德，終是不能自已。雖然在這之前已說了願娶蛛兒爲妻，也相助殷離擊退何太沖等六人，可是當殷離和周芷若對招時，他對後者的關心又似多了一些，看出滅絕師太將峨嵋派鎮派之寶的九陽神功傳予周芷若，也發自內心地爲之歡喜，還因掩不住這喜悅之情，挨了殷離一大耳光。

這一耳光卻沒打斷張無忌的遐思，瞧著周芷若和丁敏君並排在雪地中留下的兩行足印，他心想：「倘若丁敏君這行足印是我留下的，我得能和周姑娘並肩而行……」（第十七回．青翼出沒一笑颺）這是張無忌第一次眞正對女子生出愛慕。

類似的情景在《書劍恩仇錄》的陳家洛和《天龍八部》的段譽身上都曾發生過。陳家洛初遇香香公主，和她西行向木卓倫報信的途中，陳家洛內心隱隱盼望：「最好這條路永遠走不到盡頭，就這樣走一輩子。」（《書劍恩仇錄》〈第十三回．吐氣揚眉雷掌疾，驚才絕艷雪蓮馨〉）段譽則是救出中了「悲酥清風」的王語嫣，逃出慕容復喬裝的「李延宗」之手，兩人騎上原先西夏武士留下的馬匹，段譽心裡也尋思：「我什麼也不想，只盼永如眼前一般，那就心滿意足，別無他求了。」金庸在此句底下特別說明，所謂「永如眼前一般」，就是和她並騎同行。（《天龍八部》〈第十七回．今日意〉）

他發出的情意很快也有了回報。發現她就是當年那個船家女孩時，張無忌起先也不想和她相認，當時雖然胸口一熱，但想起只要稍有不忍，日後恐是無窮無盡的禍患，害及義父，使父母的冤死更無意義。但到了他和殷離被峨嵋派以雪橇拖行，周芷若分食乾糧時，終於忍不住，向周芷若提及漢水舟中餵飯的往事。和至親的殷離、殷梨亭比較起來，也可見向周芷若道出身分，其意義之非凡了。周芷若得悉眼前的少年，居然就是當年那個不知還有幾天可活的小相公，當眞是恍如隔世。她認出了已剃去鬍鬚的張無忌，掩不住心中驚喜，回過神來的第一句話就是問張無忌的寒毒如何。問時聲細如蚊，幾不可聞。待張無忌也輕聲回道，寒毒已解，周芷若臉上現出一陣紅暈。兩人自幼時一見，八年後重逢，彼此對對方起了異樣的感覺。這之後好一段時間，因兩人不便公開相認，竟可以用目光交換千言萬語。

他二人眉目傳情，雖是小心翼翼，終究瞞不了別人。殷離不知張無忌和周芷若小時的因緣，卻看出他「見了人家閨女生得好看，靈魂兒也飛上天去了」，也看見周芷若喜不自勝，臉上出現羞色，雙目中卻光彩明亮的模樣。

既然掩飾不了，自然也不會只有殷離一人端詳出來。當年逼得紀曉芙慘死滅絕師太手下的丁敏君，這時也不放過新近得寵的小師妹周芷若，除了要她去和殷離比劃比劃，盼她也吃些苦頭，平時也用盡辦法想抓周芷若的小辮子。

張無忌在光明頂上力戰何太沖夫婦和華山派高矮老者，因不諳河圖洛書、伏義八卦，難以在正兩儀刀法和反兩儀劍法中取勝。周芷若趁著滅絕師太教眾弟子八卦正變奇變的機會，假意和師父對答，實則卻是提醒張無忌其中變化的道理，好教張無忌從中破解的方法。滅絕師太本身欣悅之下，並沒留心到周芷若說這些話的音量早已超過兩人面對面的需要，但旁邊已有不少人察覺到，周芷若是運了氣，將語音遠遠傳送出去的。須知周芷若如此作爲，乃是干冒其險。因爲除了會讓人覺得她與張無忌有弊外，也有損於峨嵋派名聲，況且一個不小心，難保不重蹈紀曉芙覆轍。

得周芷若之助，張無忌果然制住何太沖夫婦和華山派高矮老者四人，之後再戰滅絕師太。二人纏鬥方酣，峨嵋弟子見師父未能立時取勝，便思以眾勝寡。張無忌見峨嵋弟子來勢，除了避開周芷若以外，可說逢劍便奪、隨奪隨擲。周芷若也知不妥，幾次想搶上去攻擊，都讓張無忌刻意避了開去。這一下把她顯得十分突出，終於叫滅絕師太一試兩人是否當眞暗中勾結，挺劍疾向周芷若當胸刺去。

張無忌沒看出滅絕師太這一劍純屬試探，想起紀曉芙的慘死，不及細想，便縱身而上，救了周芷若。這一來，就算丁敏君不煽風點火，滅絕也會有所懷疑了。正好張無忌適才把從滅絕師太手上奪來的倚天劍交給了周芷若，滅絕遂命周芷若用劍去殺張無忌。周芷若迷迷糊糊，一劍從張無忌右胸穿入。

被刺的人不能置信，持劍的人懊悔萬分。這時的張無忌和周芷若仍是「目語」溝通。一個先是問：「妳眞的要刺死我？」直到峨嵋派要離去，另一個又說：「我刺得你如此重傷，眞是萬分過意不去，你可要好好保重。」這廂明白了那廂的意思，微微點了點頭。那廂隨即明白了這廂的意思，登時滿臉喜色，神采飛揚。

本來，這一段眉目傳情的純純之戀還可以有更令人期待的後續發展，即使中間橫插趙敏的主動示好，周芷若在天時、地利、人和的優勢條件下，都應該在這場多角戀情中占上風。可是人算不如天算，原先被看好的一段姻緣，卻是滅絕師太的過於囿於立場和門戶之見，而使張、周緣起青梅竹馬的交情，幾乎成了不共戴天的宿仇。

滅絕師太和六大門派其他人士被趙敏囚於萬安寺中，雖後有張無忌來援，但以滅絕的自尊和成見，被擒受禁已是奇恥大辱一件，要她接受一個後生晚輩的救助，尤其是她素來不喜之人的援手，更是萬萬不可能。不作其他選擇的情形之下，她決意結束自己生命，但在死前最後一刻，她念茲在茲的則是把峨嵋派掌門的重擔交付給最疼愛的徒兒，並告誡愛徒潔身自愛，切莫受魔頭之誘，而致身敗名裂。

依照滅絕師太的思想邏輯，明教既是十惡不赦的邪教，則此邪教的首腦必是個居心叵測的大魔頭。是以即使日前周芷若在光明頂上刺他一劍，他卻反而來萬安寺相救，而且單是救周芷若一人，必是看上了周芷若，然後安排下圈套，要周芷若墮入他的彀中，故意賣好，讓周芷若全心全意的感激他。

此時尚對張無忌全心信任的周芷若，怎會覺得日夜思念的情郎是如此用盡心機的惡棍？少不得便想替張無忌說幾句好話。可是不說則已，才說了一句，便引來滅絕師太更大的反感，不但搬出紀曉芙的例子再次恫嚇，甚且逼迫周芷若發下那段人人聞之色變的毒誓來。

滅絕師太道：「妳這樣說：小女子周芷若對天盟誓，日後我若對魔教教主張無忌這淫徒心存愛慕，倘若和他結成夫婦，我親身父母死在地下，屍骨不得安穩；我師父滅絕師太必化成厲鬼，令我一生日夜不安，我若和他生下兒女，男子代代為奴，女子世世為娼。」（第廿七回・百尺高塔任回翔）

這誓言的確夠毒辣，不但詛咒死去的父母，詛咒恩師，也詛咒到沒出世的兒女。不過如果碰到韋小寶那樣的人就等於沒發過誓，韋小寶發誓向來與原意大相逕庭，眞拗不過，大不了在每一句話的後面小聲加上一句「的相反」，或是偷偷用膝蓋在地上劃個「不」字。不學無術的韋公爵另闢怪招不足爲奇，飽讀詩書的大理國王子也常常學孔子刪春秋，或自我解釋。假使張無忌是淫徒這個前提不存在，後面的命題自然也不成立。可惜周芷若畢竟不似這兩位仁兄善於機變，以致個人幸福差點葬送，又因張無忌愛情不專生恨，做出不少得罪其他門派的行徑，幾乎成爲武林公敵。

紹敏郡主・異族戀情

趙敏踏入張無忌的世界，一開始絕對不懷好意。趙敏的父親汝陽王察罕特穆爾是元朝的經國之才，但他把重心放在正規軍的調兵遣將，至於江湖幫會之事，則無暇顧及。待趙敏長大，爲了蒙古的興衰存亡，她統率蒙漢西域的武士番僧，分擔父親力不足鞭及的武林領域。正好成崑一來想摧毀明教，二來想接掌少林寺掌門，進而成爲武林霸主，乾脆暗中幫助趙敏，乘六大門派圍攻光明頂，坐收漁人之利。綠柳山莊中毒，便是張無忌等人碰上的其中一事。

綠柳山莊事件，可說全在趙敏掌控之下發生。張無忌和明教諸人會遇到趙敏和神箭八雄，也是經過安排的「巧遇」。這群江湖豪傑，見對方英雄了得，便起了結交之心。可又哪裡知道，一個不小心，便中了趙敏精心設計，由「醉仙靈芙」和假倚天劍的「奇鯪香木」結合的劇毒。張無忌回轉綠柳山莊，眼看解藥已經得手，卻同時和趙敏跌落她預設的陷阱中。

張無忌旨在救人，又急於脫困，對方雖是女子，總是克敵要緊，男女之念根本不在考慮之列。遂脫了趙敏雙腳鞋襪，雙手食指點在她兩足掌心的湧泉穴，運起九陽神功，教她痳癢難當。不料教訓足夠，張無忌拿起羅襪欲替趙敏穿鞋，握住她左足時，心中一蕩，趙敏也起了異樣的感覺。

再次出現的趙敏，明豔一如綠柳山莊所見。可是她這次男裝打扮，居然冒稱明教教主，自稱張無忌，還想不利於和張無忌本尊淵源極深的武當派。趙敏扮作張無忌一節，相當程度出自殷素素假扮張翠山的翻版。二十年前，殷素素見英姿勃發的張翠山，跟著張翠山後面，買了一套一模一樣的衣巾，扮作張五俠，打死少林寺的慧光、慧通和尚，以及龍門鏢局數十無辜。張翠山見殷素素「清麗不可方物，爲此容光所逼，登覺自慚，不敢再說甚麼」，張無忌眼中的趙小姐，則是「十分美麗之中，更帶著三分英氣，三分豪態，同時雍容華貴，自有一副端嚴之致，令人肅然起敬，不敢逼視」。但琢磨上一代人西湖邊上的風光，生出情苗的韻律和節奏，又似乎比下一代人更勝一籌。雖然趙敏後來表明，自從綠柳莊上一會之後，就再無起害之心，但循時間的推移來看，顯然事實不如她說的那麼理想，至少此時，她不但派假冒少林弟子空相的剛相偷襲張三丰成重傷，對宋遠橋、俞蓮舟、張松溪、莫聲谷等的被挾受傷，竟是十分得意。

要說她眞正對張無忌生出更多的愛意，尤其是屬於男女間那種包含占有慾的情感，有很大一部分是無心插柳，甚至可說是張無忌一個不小心引起的後遺症。先前提及趙敏因張無忌捉住她雙腳而起異樣感覺，但要因此說她就此愛上張無忌，恐還言之過早。趙敏之明確愛上張無忌，很大的轉折點是受張無忌把她藏有「七蟲七花膏」解藥送給小昭之激所致。

平坦的路走起來舒服，可是不見得人人愛走，走起來也不太過癮，這也就是爲什麼每年都有人想挑戰喜瑪拉雅山，證明自己與衆不同的原因之一。今天如果汝陽王幫紹敏郡主物色一個蒙古的王公貴族，不見得就與趙敏不匹配，但太順利的愛情婚姻總讓人覺得索然無味，尤其像趙敏個性這麼強的女孩子，更不會希望自己走一條別人爲她鋪好的路。當她遇見張無忌時，兩人雖一開始處於敵對狀態，可是，如果不計對立陣營的地位，張無忌卻反倒成了趙敏感情自主的一個很好的投射對象。

平時穿金戴玉的趙敏，把七蟲七花膏解藥和治療大力金剛指的「黑玉斷續膏」放在珠花花幹和金盒，原本只不過是心思細密如她者的精心安藏。張無忌在綠柳莊和她交手，隨手摘去鬢邊珠花，她雖明知中藏解藥，但受制於人，只得故作大方，但也算不上是給張無忌的定情之物，且當時亦未安好心留待殷梨亭和俞岱巖接續之用，否則也不必爲了欺騙張無忌等人，卻犧牲阿三而塗抹七蟲七花膏了。

但事情偏偏錯有錯著。張無忌莫說要把珠花和趙敏對他的情意扯上甚麼關係，就連珠花裡頭藏有可以救得俞三伯和殷六叔的解藥也是聯想不起。只見那是女孩兒家的玩意兒，順手就送給了小昭，不料趙敏看見以後，十分不滿，一股子憤恨也轉換成了醋勁，原本和她處在對立地位的臭小子，倒成了她又愛又恨的心上人。也就是在這時，趙敏方才想起張無忌那依她三件事的「不違俠義」之約，造就日後更多錯綜複雜的牽纏。

風中白荷・情意綿綿

有人先有靈魂的交感，再有肉體的接觸；有人先有肉體的接觸，再有感情的昇華。如果說張無忌和周芷若之間可以屬於前者，那麼不妨把張無忌和趙敏之間歸入後者。趙敏出現以後，張無忌並不立刻對她發生感情。從光明頂下來，張無忌面對的是趙敏和手下一干人等「先誅少林，再滅武當」的惡計，旖旎風光實不容他多想，因為眼前還得趕在趙敏前頭，不讓他們得逞，當然也不能教他們把這件事嫁禍到明教頭上。但憑良心說，此時的張無忌，心嚮往者，仍是如風中白荷的周芷若。

當下縱馬便行。一口氣奔到三官殿，渡漢水而南。船至中流，望著滔滔江水，想起那日太師父攜同自己在少林寺求醫不得而歸，在漢水上遇到常遇春、又救了周芷若的事來。腦海中現出她的麗容俏影，光明頂上脈脈關注的

眼波，不由得出神。（第廿四回．太極初傳柔克剛）

他二人自幼時在漢水中相遇，重逢之後，雖有幾次眉目傳情，較諸與他人的關懷也更甚一層，但總是模模糊糊。張無忌正式感覺到周芷若在他心中的意義，已經到了萬安寺事件之時。

張無忌對周芷若當日在漢水舟中殷勤照料之意，常懷感激。在光明頂上，周芷若曾指點他易數方位之法，由此得破華山、崑崙兩派的刀劍聯手，其後刺他一劍，那是奉了師父的嚴令，他也不存芥蒂，這時聽趙敏吩咐帶她前來，不禁心頭一震。（第廿六回．俊貌玉面甘毀傷）

此後周芷若被滅絕師太逼著發下毒誓，接任峨嵋掌門，再因金花婆婆到來，將周芷若也擄上靈蛇島。張無忌面對四美，心中思緒紛揚，然因屠龍刀失竊，殷離被殺，一時不利證據指向趙敏，謝遜此時雖明知箇中蹊蹺，仍做主叫張無忌與周芷若訂下白頭之盟。他二人在島上那幾日情意綿綿，訴盡衷曲，許多卿卿我我的話兒都在此時發生，可說是二人相識以來最甜蜜的一段時光。

張無忌低下頭去，在她臉頰上一吻，笑道：「誰叫妳天仙下凡，咱們凡夫俗子，怎能把持得定？這是妳爹爹媽媽不好，生得妳太美，可害死咱們男人啦！」

……

張無忌左手輕輕摟住她肩頭，右手伸袖替她擦去淚水，柔聲道：「怎麼好端端地又流起淚來？若是我約趙姑娘來此，教我天誅地滅。妳倒想想，要是我心中對她好，又知她人在左近，怎會跟妳瘋瘋癲癲的說些親熱話兒？那不是故意氣她，讓她難堪麼？」（第卅四回・新婦素手裂紅裳）

關於謝遜讓張無忌娶周芷若一事，百思難以解釋，幾乎是《倚天》的一段懸案。照事情的演變推斷，謝遜早知盜取屠龍刀、加害於己一事全出自周芷若所爲，趙敏則被誣陷。這在張無忌日後下得地牢看謝遜在石壁上所畫的圖時曾作此尋思，趙敏把張無忌從婚禮帶走之後也曾告訴張無忌，將來見到謝遜，他自會與其說知詳情。可是另一方面，謝遜也明知張無忌對周芷若並非無眞感情，就算日後張無忌得知眞相，但若中間沒有趙敏破壞婚禮那一段，兩人已成結髮夫妻，那該如何？再則，以張無忌的個性，除非謝遜性命被周芷若所取，否則只是一時昏迷，原諒周芷若的可能性仍然比較大。以當時百姓對婚姻的態度，謝遜就算隱忍周芷若的惡行不發，有必要以自己心愛義子的婚姻作賭注嗎？

這段婚約總之是在趙敏以謝遜金髮爲誘下破壞。周芷若對事情的前因後果比張無忌要清楚，她奉師命取屠龍刀，也傷害了謝遜和殷離，但在內心的另一部分，渴望與張無忌共結連理的心卻是未變。婚禮上手裂紅裳，她痛恨的恐怕不只是情敵橫加阻撓這場儀式，張無忌不明就理在行將拜堂之時棄她而去，恐怕更是錐心刺骨之痛。張無忌這一方，隨趙敏而去之後，固然也有一段風光，但對周芷若，也愧疚常起。少林寺再見之時，怎奈是幾多尷尬幾多情愁？

張無忌見她容顏清減，頗見憔悴之色，心下又是憐惜，又是慚愧。

……

張無忌待峨嵋派眾人坐定，走到木棚之前，向周芷若長揖到地，含羞帶愧，說道：「周姊姊，張無忌請罪來了。」（第卅七回．天下英雄莫能當）

縱使張無忌再低聲下氣，周芷若也不可能一時半刻就好言以對，峨嵋派眾姊妹也同仇敵愾，張無忌怔忡不安，周芷若喜怒不形於色，卻是把張無忌所講的每一句話，以一個個軟釘子碰了回去。但張無忌也自知，成婚那日，自己當著無數賓客隨趙敏而去，當時周芷若所遭受的羞辱，比之這小小沒趣豈止千倍萬倍！

周芷若存心也在大庭廣眾之下讓張無忌嚐嚐難堪的滋味，和宋青書套好招，由宋青書向張無忌宣說二人結為夫妻的消息。張無忌當日既然放棄婚約，照理說，就該知道從今往後周芷若的終身大事再無他張某人置喙的餘地，何況他一方面又和趙互吐愛意，在趙敏面前信誓旦旦地表示趙敏在心目中的地位遠高於周芷若。可是，當宋青書以「內子」口稱周芷若，並言謝其姻緣來自他的作成時，張無忌又如同自雲端掉落，十分不能接受，足足顯示對周芷若的不能忘情。

霎時之間，張無忌猶似五雷轟頂，呆呆站著，眼中瞧出來一片白茫茫地，耳中聽到無數雜亂的聲音，卻半點不知旁人在說些甚麼，過了良久，只覺有人挽住他的臂膀，說道：「教主，請回去罷！」（第卅七回．天下英雄莫能當）

事已至此，實也無話可說，偏偏為了謝遜，張無忌又想起來去邀周芷若聯手。這時要說張無忌心裡無鬼，那是騙人的，但名分已定，至少表現上要讓別人覺得他是公事公辦。張無忌說得輕鬆，他說：「咱們只須問心無愧，旁人言語，理他作甚？」可是周芷若卻說中要害，那一句「倘若我問心有愧呢？」短短的這幾個字，雖然不是直接敘說她的情感，可和任何海枯石爛的誓約相比，卻是更為驚心動魄。這一問說的恐怕不只是她自己，同時也說中了張無忌的心思！張無忌想起這一切，能不有所感嘆，不有所惆悵嗎？答案只怕是不能的。

周芷若心中有愧，仍助他力戰三僧。謝遜之事了後，雖然隔了一個趙敏，兩人仍是舊情難卻，張無忌心中，有愛，有憐，也有更多的惆悵。

二人離少林寺既遠，周芷若便靠到張無忌身邊，拉住了他手。張無忌知她害怕，握著她軟滑柔膩的手掌，身畔幽香陣陣，心中不能無感。

……

張無忌聽她說得真誠，頗為感動，知她確有許多難處，種種狠毒之事，大都是奉了滅絕師太的遺命而為，眼見她怕得厲害，對她憐惜之情又深了一層。

山道上晚風習習，送來陣陣花香，其時正當初夏，良夜露清，耳聽著一個美貌少女吐露深情，張無忌不能不怦然心動，何況當時在小島替她逼毒時曾有肌膚之親，過去她既於己有恩，又有婚姻之約，不由得心中迷惘。（第四十回・不識張郎是張郎）

說張無忌對周芷若的愛不如趙敏其實不盡然。當他聽到周芷若下嫁宋青書時失魂落魄的反應教趙敏給完全看穿，趙敏嘲笑他：「無忌哥哥，周姊姊嫁了旁人，你神魂不定，甚麼事也不會想了。」按照金庸的說法，張無忌當時已被說中心事，臉也緋紅。其實以周芷若的條件，無論從個人特質言，或是就身家門派而論，原來都是和張無忌最匹配的人選，不但峨嵋、武當諸人盼望他倆能再言歸於好，痛恨蒙古凌虐的明教眾人也只是礙於張教主的顏面不便給趙敏太多難堪。只是周芷若和張無忌談戀愛時，除了背負著滅絕師太的包袱，又拋不開中原女子的矜持，行動上更不似趙敏積極主動，很多時候明明是大家閨秀風範的優點，偏偏碰上張無忌這個在感情上十分被動的愣小子，他們之間如果留下遺憾，也不是偶然的。

紅玫白雪・先周後趙

從郭靖到楊過，從楊過到張無忌，射鵰三部曲三位男主角的愛情模式越來越複雜。郭靖雖曾有金刀駙馬的婚約爲難，但自始至終，華箏沒有打進他和黃蓉兩情相悅的世界。楊過雖然先後招惹了陸無雙、程瑛、完顏萍對他頗有好感，復有公孫綠萼爲他殉情，最後郭芙也來湊上一腳，郭襄再來個爲愛走天涯，但不論情況如何改變，楊過的心裡卻永遠只有一個小龍女。到了張無忌，雖然也生在蒙古朝廷不仁的暴政下，但「爲國爲民」的擔子在他身上則不再那麼沈重。即使武功蓋世，張無忌卻缺乏武俠世界裡人人引頸望之的豪邁。相對的，他在面對幾位紅粉知己時的猶疑，甚至顯得有點朝秦暮楚，也不是癡情兒女夢中的典範。

金庸在〈後記〉中提到，四位姑娘中，他似乎對趙敏愛得最深，最後對周芷若也這麼說了，但他內心深處，到底愛哪一個多些？恐怕他自己也不知道。張無忌心中四美中，眞正相爭甚烈的其實只有趙敏和周芷若，小昭一直屈居二線角色，她的命運則把她安排回了波斯，殷離手背上的傷雖引起趙敏醋勁大發，但她也未曾對周、趙形成威脅。金庸在書中一再提起白雪紅玫之美，難分軒輊，張無忌本人也隨著客觀情勢的轉移，在周、趙之間游移不定。

周、趙二女正面相爭，切割點可說始於萬安寺事件。其時趙敏雖已對張無忌情愫暗生，但她的角色受限於蒙漢之別，且和整個中原武林爲敵，因之在感情天平上，亦處於相對劣勢。

趙敏以西域番僧進獻的「十香軟筋散」，暗中下在從光明頂歸來的六大門派高手飲食之中，把他們一網打盡，囚禁在大都西城的萬安寺中，以藥物抑住各人內力，逼迫他們投效朝廷。這些武林高手若是不降，命人逐一與之相鬥，趙敏則在一旁觀看，藉以偷學各門派的精妙招數。如果有人得勝，立時可以放他出去，如若敗了，便斬斷一根手指，囚禁一個月後，再問他降是不降。既是功力全失，當然只有等著被宰割的命運。張無忌和楊逍、韋一笑趕到時，便遇上何太沖和唐文亮被削去手指的前後。

何、唐之後，趙敏想學峨嵋武功，但因滅絕師太倔強異常，絕食五天，便找來周芷若。趙敏把她的規矩再向周芷若說明一遍，周芷若不爲所動，搬出師門大帽，先說師父瞧不起卑鄙陰毒小人，不屑與之動手過招，後說峨嵋劍法乃是中原正大門派武功，不能讓番邦胡虜無恥之徒偷學了去。

趙敏手中長劍正待往周芷若臉上劃去，突然間噹的一響，殿外擲進一件物事，將倚天劍撞了開去。同時，殿上長窗震破，一人飛身而入，不消說，自是張無忌忍受不住趙敏的作法，救美來了。

周芷若眼見大禍臨頭，不料竟會有人突然出手相救。她被張無忌摟在胸前，碰到他寬廣堅實的胸膛，又聞到一股濃烈的男子氣息，又驚又喜，一剎那間身子軟軟的幾欲暈去。要知張無忌以九陽神功和鹿杖客的玄冥神掌相抗，全身真氣鼓盪而出。周芷若從未和男子如此肌膚相親，何況這男子又是她日夜思念的夢中之伴、意中之人？心中只覺得無比的歡喜，四周敵人如在此刻千刀萬劍同時斬下，她也無憂無懼。（第廿六回．俊貌玉面甘毀傷）

既是夢中之伴、意中之人，可見周芷若對張無忌的感情十分明顯，爲時也有一定長短。

張無忌此時的感情意向還不那麼明顯，但看在他人眼中，還是偏向周芷若多些。張無忌雖然只是輕描淡寫地提了一下周芷若餵飯喝水的恩德，趙敏仍一再要問清他兩人究竟是甚麼關係。而趙敏手下以匕首抵住周芷若後心，欲叫人對周芷若毀容時，不但令張無忌十分憂心，也引來韋一笑的不滿，立時在掌心吐了唾沫，再在鞋底擦了幾下，往趙敏臉上一摸，以爲教訓，並警告趙敏，若是膽敢在周芷若身上動任何手腳，不論是臉上劃幾道刀痕，或是削斷手指，都要加倍奉還，「護主」的意味十分明顯。

隨著趙敏立意示好，張無忌不忍拒絕、來者不拒的個性在此又發揮無遺。話又說回來，張無忌在此之前雖然對趙敏的感情並未明朗化，幾次交手之際產生的情愫卻越來越教兩人陷入難以自拔的漩渦中。因此即使前一晚目睹萬安寺那一場剁人手指的修羅場，張無忌不但沒有更加不齒趙敏的所作所爲，反自暗暗擔心起她的安危。面對敵方主謀紹敏郡主的來訪，非但不加以拒絕，且掏心長談，甚而吐露了傾慕之意。

從私人感情的角度出發，張無忌對趙敏生出感情是可以理解的。前面已二度言及，張無忌之對趙敏有情，可說是由皮相及身體的接觸而來。但二人在此之前雖幾度接觸，應該只能說是「相識」，而不能說是「朋友」。張無忌在不自覺的情況下把趙敏歸入朋友之列，立場雖未因此動搖，但因私人原因而包容趙敏的成分已不在話下。唯一可以確定的是，在張無忌心裡，既是朋友，彼此間就不該再有殺戮，是以他很明確地告訴趙敏，如果她殺了周芷若或是手下任何一個親近的兄弟，那麼，他把她納入「朋友」之列的這件事，也到此為止。

可問題在於，張無忌對於自己的感情意向所歸，一直舉棋不定。不僅金庸在〈後記〉中沒有提供標準答案，從書上看，他也是心猿意馬的時候居多。不過，在反覆比較之後，的確可以看出他在潛意識對趙敏的牽掛多些，偏袒也多些。這在主觀的男女情愛裡是沒有一定規則可循的，用時下人們常說的一句話來說就是，感情的世界沒有對錯。可是如果讓衛道人士來看待，張無忌對感情的處理態度就頗有可議之處了，尤其是在和周芷若有了婚約以後，他仍不避諱地和趙敏約會。

張無忌……信步之間，越走越是靜僻，驀地抬頭，竟到了那日與趙敏會飲的小酒店門外。他心中一驚：「怎地無意之間，又來到此處？我心中對趙姑娘竟是如此撇不開、放不下嗎？」（第卅四回．新婦素手裂紅裳）

照這段描述來看，這幾乎是張無忌愛趙敏愛得多的例證，在後來的發展中，也有許多偏袒趙敏的地方，可是他總是矛矛盾盾，舉棋不定。婚禮遭破壞，按照張無忌當時的想法一是：「不知如何……心中甚感喜樂，除了掛念謝遜安危之外，反覺比之將要與周芷若拜堂成親那時更加平安舒暢，到底是甚麼原因，卻也說不上來，然而要他承認歡喜趙敏攪翻了喜事，可又說不出口」；二是「當時我要跟她拜堂成親，想到妳（趙敏）時，不由得好生傷心；此刻想到了她（周芷若），卻又對她好生抱歉」。

張無忌自濠州婚禮後，與趙敏關係日近，對趙敏過去的所作所爲似乎忘得一乾二淨，但於周芷若的種種，又以另一番標準來判斷。尤其是對周芷若所使九陰白骨爪，更有許多負面看法。

周芷若第一次使出九陰白骨爪，是趙敏從婚禮上帶走張無忌，周芷若一氣之下，五根手指插向趙敏頭頂，但因張無忌出手阻擋，於是插入趙敏右肩，五個傷口血如泉湧，張無忌未見過這門功夫，只是尋思：「芷若是峨嵋弟子，如何會使這般陰毒功夫？」

後來在屠獅大會上，周芷若一度想以九陰白骨爪威脅謝遜，黃衫女子此時出現，反以九陰白骨爪制住周芷若，張無忌看來「黃衫女子的武功似乎與周芷若乃是一路，飄忽靈動，變幻無方，但舉手抬足之間卻是正而不邪，如說周芷若形似鬼魅，那黃衫女子便是態擬神仙」。後來趙敏趁周芷若手足不能動偷來《九陰眞經》，張無忌隨手翻了幾頁，「只覺文義深奧，一時難解，然絕非陰毒下流的武學……那位身穿黃衫的姊姊，武功與周姑娘明明是一條路子，然而招數光明光大，醇正之極……」

周芷若從滅絕師太手中接下掌門之位時，滅絕曾把教中秘密向她說明，其中除了倚天劍和屠龍刀的淵源來歷，還包括周芷若所練這部速成《九陰眞經》的緣由。根據滅絕師太所說，這部速成的《九陰眞經》乃是當年黃蓉處在抗元的凶險情勢之下，爲早日解決天下蒼生受倒懸之苦，匆促之間寫下的幾章速成法門。滅絕師太所說，乃是引用峨嵋開山祖師，也就是黃蓉和郭靖的愛女郭襄遺言，應該不假，況且滅絕師太也說那只是黃蓉當時一時的權宜之計，正規的作法還是應按部就班的從頭紮好根基。

可是這個解釋恐怕不能滿足熟讀射鵰三部曲的讀者，因爲周芷若使出來的九陰白骨爪怎麼看怎麼像梅超風盲修瞎練的陰毒功夫。這個問題不但困擾張無忌，恐怕也是讀者的一大疑問，應該去問金庸本人究竟給什麼說法。《射鵰》一開始提到黑風雙煞練《九陰眞經》時便已說明，他夫婦因只盜到下半部，學不到上半部修習內功的心法，一知半解，胡亂揣摸，但練的都是些陰毒武技。

說周芷若形似鬼魅，黃衫女子態擬神仙，可是黃衫女子出手的方式也是朝人頭頂抓落，手法與宋青書擊斃丐幫長老亦無不同。周伯通向郭靖講述《九陰眞經》來龍始末時，因郭靖想起黑風雙煞練的《九陰眞經》陰毒邪惡，十分鄙夷，但後來金庸曾藉周伯通之言解釋，「梅超風不知練功正法，見到下卷文中說道『五指發勁，無堅不破，摧敵首腦，如穿腐土。』她不知經中所云『摧敵首腦』是攻敵要害之意，還道是以五指去插入敵人的頭蓋，又以爲練功時也須如此。這《九陰眞經》源自道家法天自然之旨，驅魔除邪是爲保生養命，豈能教人去練這種殘忍兇惡的武功？……」問題放到這裡，難道黃蓉也不知「摧敵首腦」是攻敵要害之意，又或者黃蓉受了梅超風影響，想出來的速成方法也變成陰毒一路？

總之，此時的張無忌雖對周芷若不能全然忘情，但於周芷若的作爲卻是往負面解釋的居多，像是峨嵋派以霹靂火彈炸死夏冑和司徒千鍾，張無忌看來便是：見周芷若突然變得如此狠心，心下好生難過。

張無忌大概都忘了，他現在依之賴之的紅紛知己趙敏，恐怕才是全《倚天》裡面最狠心的人物之一。他忘了，可有人替他記得。

白臉老僧渡劫道：「依你說來，空性為何人所害？」張無忌皺眉道：「據晚輩所知，空性神僧是死於朝廷汝陽王府的武士手下。」渡劫道：「汝陽王府的眾武士為何人率領？」張無忌道：「汝陽王之女，漢名趙敏。」渡劫道：「我聽圓真言道，此女已然和貴教聯手作了一路，她叛君叛父，投誠明教，此言是真是假？」他辭鋒咄咄逼人，一步緊於一步。張無忌只得道：「不錯，她……她現下……現下已棄暗投明。」

渡劫朗聲道：「殺空見的，是魔教的金毛獅王謝遜；殺空性的，是魔教的趙敏。這個趙敏更攻破少林寺，將我合寺弟子擒去，最不可恕者，竟在本寺十六尊羅漢像上刻以侮辱之言。再加上我師兄的一隻眼珠，我三人合起來一百年的枯禪。張教主，這筆帳不跟你算，卻跟誰算去？」

張無忌長嘆一聲，心想自己既承認收容趙敏，她以往的過惡，只有一股腦兒的承攬在自己身上，一瞬之間，深深明白了父親因愛妻昔年罪業而終至自刎的心情，至於陽教主和義父當年結下的仇怨，時至今日，渡劫之言不錯：我若不擔當，誰來擔當？（第卅六回．夭矯三松鬱青蒼）

張無忌說得容易，想得也容易。十六羅漢像刻以辱言一事，雖經范遙於趙敏一行人離去後，立時奔回羅漢堂將塑像移轉，再由楊逍、韋一笑等人神不知鬼不覺剷平羅漢背上所刻字跡，再塗上金漆，但那是范遙等人護教心切，不欲趙敏嫁禍明教的陰謀得逞，但趙敏原先的意圖並非子虛烏有，殲滅少林僧人更是事實慘劇。而萬安寺中多少中原高手受盡屈辱，豈是張無忌一句概括承擔就可了結？且張無忌以之與張翠山因俞岱巖受傷與殷素素有關而自刎一事相比，其實也相去甚遠。殷素素與殷野王雖以蚊鬚針傷了俞岱巖，但意在屠龍刀，而俞岱巖受傷殘廢，卻是出自阿三的般若金剛掌之手，非出於殷素素本意，與趙敏之蓄意率領手下對付少林、武當，甚至偷襲張三丰相去甚遠。張無忌帶領明教與中原各派對抗蒙古大軍後，攜趙敏同回武當，雖然俞岱巖終生殘廢、張翠山喪命時趙敏尚未出生，完全可以不怪到她頭上，張三丰百十壽辰一事張三丰本人也可不予介懷，但若說趙敏背叛父兄而與張無忌相隨得以稱好，那就不免連張真人都落入大漢沙文主義的窠臼了。

見色生情・難抗美艷

忽聽背後一個冷冷的聲音說道：「待得你見到她如花似玉的容貌，可又下不了手啦。」……（第卅一回・刀劍齊失人云亡）

這句話是周芷若傷害謝遜和殷離後嫁禍趙敏，張無忌立誓來日要手誅趙敏時所說，雖然凶手與被嫁禍之人對調，但周芷若這話用來擠兌張無忌，可是一點都不冤枉。

張無忌和趙敏的戀情或多或少反映了上一代張翠山和殷素素的結合，除了同樣顯示私人感情和群體之間的矛盾，也都是俊男美女以面貌彼此吸引的典型。張翠山奉命追查傷害俞岱巖的元凶，和殷素素一見鍾情的橋段既浪漫又詭異。和張無忌相比，張翠山多了一份守禮自持，和趙敏相比，殷素素則多了一份嬌嗔，少了一份凶殘。張翠山發現湖中撫琴的少年文士乃是女子所扮後，雖在黑夜，仍是登時臉紅，趕緊倒躍上岸。次日殷素素以女裝相見，張翠山見她清麗不可方物，再次轉身躍回岸上，以致和殷素素一人一舟而行。稍後殷素素捲起衣袖，露出被少林梅花鋼鏢所釘的手臂，張翠山為其療傷，從此生情，雖然和張無忌為救明教群豪中假倚天劍之毒時忘卻男女之別相較，似乎落了下乘，可是張翠山並不時時以此為念，反倒是張無忌，這段纖足姻緣不但從此揮之不去，日後還叫他和趙敏二人回味再三。

憑良心說，張無忌為了解救明教群豪所中之毒，在綠柳莊鐵牢中，扯脫趙敏左腳鞋襪，以九陽神功運氣其足掌湧泉穴，原本意在使趙敏難當其癢而交出解藥，意無別念，而非如趙敏所說「輕薄羞辱」。但不旋久，替趙敏穿回鞋襪之時，已是「心中不禁一蕩」，趙敏心中霎時起了異樣感覺。與張翠山爲殷素素療傷時，一個「心中怦然而動，臉上登時發燒」，一個「雙頰暈紅，大是嬌羞」，其心態眞是相去千里。

不僅如此，在萬安寺事件時，張無忌的要務原本是要探查六派中原人士被囚受辱的情況，情勢險惡至極，張教主卻還有心情去欣賞對手的纖足。

> 再向前看，只見一張鋪著錦緞的矮几之上踏著一雙腳，腳上穿一對鵝黃緞鞋，鞋頭上各綴一顆明珠。張無忌心中一動，眼見這對腳腳掌纖美，踝骨渾圓，依稀認得，正是當日綠柳莊中自己曾經捉過在手的趙敏的雙足。他在武當山和她相見，全以敵人對待，但此時見到了這一對踏在錦凳上的纖足，不知如何，竟然忍不住面紅耳赤，心跳加劇。（第廿六回・俊貌玉面甘毀傷）

這段情景很可以拿來和游坦之爲阿紫的腳所惑作一比較。

游坦之抬起頭來，只見廳上鋪著一張花紋斑斕的極大地毯，盡頭的錦墊上坐著一個美麗少女，正是阿紫。她赤著雙腳，踏在地毯之上。游坦之一見到她一雙雪白晶瑩的小腳，當真是如玉之潤，如緞之柔，一顆心登時猛烈的跳了起來，雙眼牢牢的盯住她一對腳，見到她腳背的肉色便如透明一般，隱隱映出幾條青筋，真想伸手去撫摸幾下。兩契丹兵放開了他。游坦之搖晃了幾下，終於勉強站定。他目光始終沒離開阿紫的腳，見她十個腳趾的趾甲都作淡紅色，像十片小小的花瓣。（《天龍八部》〈第廿八回・草木殘生顱鑄鐵〉）

張無忌前後爲趙敏豔色所惑的例子，不勝枚舉。七蟲七花膏事件還沒了，張無忌拿著先前插在小昭髮鬢的珠花去還，到了觀門之外，「只見趙敏一人站在當地，臉帶微笑，其時夕陽如血，斜映雙頰，艷麗不可方物。」雖是從眼睛瞧出來的景象，但也反映了當事人的心情，否則，對照喬峯之所以得罪馬夫人，只因喬峯當日洛陽百花會上未對芍藥旁的馬夫人瞧上一眼，便知其中區別了。

照范遙看來，趙敏在萬安寺中已對張無忌十分傾心。但無論如何，他們總還是處於敵對的一方，張無忌不可能不知。可是對於趙敏的主動示好，不但來者不拒，甚且和她「相濡以沫」。

張無忌拿起酒杯，火鍋的炭火光下見杯邊留著淡淡的胭脂唇印，鼻中聞到一陣清幽的香氣，也不知這香氣是從杯上的唇印而來，還是從她身上而來，不禁心中一蕩，便把酒喝了。趙敏道：「再喝兩杯。我知道你對我終是不放心，每一杯我都先嚐一口。」

張無忌知她詭計多端，確是事事提防，難得她肯先行嚐酒，免得自己多冒一層危險，可是接連喝了三杯她飲過的殘酒，心神不禁有些異樣，一抬頭，只見她淺笑盈盈，酒氣將她粉頰一蒸，更是嬌艷萬狀。張無忌哪敢多看，忙將頭轉了開去。（第廿七回．百尺高塔任回翔）

如此一來，趙敏就更直截了當了，問他如果自己不是蒙古人，又不是甚麼郡主，而只是如周芷若是個平常漢家姑娘，則張無忌對她的待遇是否將有不同。其實這裡面的關鍵恐在於趙敏的所作所爲，而非她的出身血統，偏偏趙敏把兩者混爲一談，還大刺刺地問：「張公子，你說是我美呢，還是周姑娘美？」

張無忌倒也有趣，本來沒料到她會問出這句話來，卻想的是番邦女子性子直率，口沒遮攔的問法。燈光掩映，別有情調，一時感覺趙敏嬌美無限，便脫口而出：「自然是妳美。」

這一來可不把個趙敏樂得再也不必掩飾，不但問出了口，乾脆還伸出了手，按到張無忌手背之上，喜孜孜繼續追問：「張公子，你喜不喜歡常常見見我，倘若我時時邀你到這兒來喝酒，你來不來？」

張無忌這廂則隨著趙敏的主動，一步一步踏入了對方的感情牢籠，隨著兩人手背手心接觸，原來的死對頭居然變成了一對戀人。雖然感情還不甚穩定，中間還有其他三美隨時形成變數，但重責大任在身的張教主在敵我難分的情況下，居然擔心自己處理其他事務南下會惹趙敏不高興，也在此時立下答應趙敏替她辦三件事的承諾。

自此以後，趙敏的確事事爲張無忌著想，而張無忌即使不明屠龍刀被盜和殷離受傷的前因後果，對趙敏美色的愛戀總之不變，縱在危機之下，亦不影響他對溫香在抱的感覺。

先是爲打探丐幫是否對明教另有圖謀，在宋青書欲對趙敏下毒手時，張無忌救出趙敏躲到皮鼓之中……

……趙敏靠在張無忌身上，嬌喘細細。巨鼓製成已久，滿腹塵泥，張無忌在灰塵和穢氣之中聞到趙敏身上的陣陣幽香，心中愛恨交迸，有千言萬語要向她責問，苦於置身處非說話之所，但覺趙敏身子靠在自己懷中，根根柔絲，擦到臉上。……

……

……鼓中雖然陰暗，但張無忌目光銳敏，藉著些些微光，已見到她眼中流露出柔情無限，不禁胸口一熱，抱著她的雙臂緊了一緊，便想往她櫻唇上吻去，突然間想起殷離慘死之狀，一番柔情登時化作仇恨，右手抓著她手臂

使勁一捏。（第卅一回・刀劍齊失人云亡）

兩人離開大廟，遇到幾位師叔伯尋找莫聲谷下落前也是。

……趙敏嫣然微笑，靠在另一邊石壁上，合上了眼睛。張無忌鼻中聞到她身上陣陣幽香，只見她雙頰暈紅，真想湊過去一吻，但隨即克制綺念，閉目睡去。（第卅二回・冤蒙不白愁欲狂）

類似的例子還很多。趙敏把張無忌從婚禮上拉了出來，張無忌替她療治周芷若九陰白骨爪之毒，抱起她西行，……

趙敏靠在他肩頭，粉頰和他左臉相貼，張無忌鼻中聞到的是粉香脂香，手中抱的是溫香軟玉，不由得意馬心猿，神魂飄飄，倘若不是急於要去營救義父，真的要放慢腳步，在這荒山野嶺中就這麼走上一輩子了。（第卅四

回・新婦素手裂紅裳）

兩人一路繼續追尋謝遜下落，到了杜百當、易三娘的小茅舍，兩人眞眞假假調笑，進了房門，張無忌……

此刻溫香在抱，不免意亂情迷，但終於強自克制，只親親她的櫻唇粉頰，便將她扶上床去，自行躺在床前的板凳之上，調息用功……（第卅五回・屠獅有會孰為殃）

男女感情進展到一定程度，除了精神的相吸，也會開始有肉體的接觸，並且男女雙方都會認爲這是感情增進的表示。甚至有人認爲，一份完整的愛情，必須是靈與肉的統一，也只有在精神與肉體合而爲一時，愛情才會眞正地開花結果。在張無忌那個年代，對於肉體接觸的定義當然與現在大相逕庭，擁抱、親吻，恐怕已是男女婚前交往的極致。除了殷離，張無忌對趙敏、小昭、周芷若都做過親密行為，只不過查諸原書前後，他和趙敏之間的身體接觸最多，兩人相識不但從纖足盈握開始，其間張無忌更是多次意亂情迷。趙敏小樓大膽吐露愛意之後，張無忌總覺得趙敏處處為他好，殊不知，趙敏的美色卻在他二人的交往過程中占了絕高的地位。

玫瑰帶刺・妒火燎原

人說「愛情的眼裡容不下一粒沙子」，兩人世界已經太擁擠，身邊的風吹草動都可以掀起漫天巨浪，何況張無忌同一個時間裡就要周旋在四名女子間？趙敏這位來自蒙古的郡主，面對衆多情敵，她不能叫其他三人離開張無忌身邊，無法獨自占有，她的妒意卻還是無時無刻不在燃燒，表現方式之激烈，不論別人作何感想，總要教人把她的地位非擺在最明顯的高處不可。

先說小昭吧！小昭自和張無忌在光明頂相識以來，就在彼此心中有了一定的分量，只是小昭一直以小婢自居，張無忌平時也不敢造次。只是張無忌無意中將趙敏先前在綠柳莊給他的那朵珠花，插在小昭髮上，趙敏一見自己送給張郎的東西竟然在別的女子身上，早已十分不快，偏偏小昭「明展眸齒，桃笑李妍，年紀雖稚，卻出落得猶如曉露芙蓉，甚是惹人憐愛」，這更加深了趙敏的憤怒，恨不得叫阿大去把張無忌的兩條膀子給斬下來。

對一個其實不構成太大威脅的殷離她也要計較。在荒島上，不知曾阿牛就是張無忌的殷離又癡癡地回想幼時在蝴蝶谷咬了張無忌一口的過往。趙敏知曉殷離和張無忌早已相識，還有這嚙手之盟的糾葛，竟出其不意地也在張無忌手背上狠狠咬了一口，絕不讓殷離專美於前。不僅如此，她還趁張無忌不注意的時候在他傷口搽上了外科中用以爛去腐肉的「去腐消肌散」，爲的就是教張無忌這次的傷口爛得更深，也就是要她咬出的齒痕在張無忌手背、心裡都留下不可磨滅的印記。趙敏說得清清楚楚，她瞧殷離事隔多年仍念念不忘張無忌，這一咬，她也要張無忌一輩子忘不了她。在趙敏的心思來想，咬得深也記得深，她雖捨不得咬得太重，卻索性咬下之後再塗以「去腐消肌散」，讓這個印記永遠無法從張無忌身上挖去。

後來殷離爲提醒張無忌提防金花婆婆事先布好的鋼針，卻被金花婆婆三朵金花打中胸口要害，登時暈厥。張無忌值此之際，當然一把抱住殷離，這本是一般人濟弱扶傾的反應，怎知此舉卻引得趙敏意欲求死。當張無忌迎戰波斯三使時，趙敏居然使出「玉碎崑岡」、「人鬼同途」這等兩敗俱傷、同赴幽冥的招數，只因她看著張無忌「這般情致纏綿的抱著殷姑娘」，她便不想活了。

凡此種種都顯示出趙敏在感情上占有慾和排他性，也幸虧張無忌無論何事都隨和以對，否則不論男女，見癡戀自己的對方這等玉碎式的感情，通常要大感不敢消受，恐怕很少有人像張無忌這般，還伸出手去安慰趙敏吧！

這位愛恨強烈的紹敏郡主對不致構成主要威脅的次要情敵尙且如此，對周芷若就更不用說了。

那次是張無忌到萬安寺探查六大門派高手被囚的情況，適巧趙敏以劃毀周芷若的臉爲要脅，張無忌人在殿外，隨手從懷中掏出一件物事，將趙敏手中的倚天劍撞開。無巧不巧，那件物事正是趙敏之前送給張無忌用以治療殷梨亭和俞岱巖的那個裝有黑玉斷續膏的金盒，一碰到倚天劍，它當然也只有一剖爲二的份。對張無忌來說，只覺得趙敏贈他珠花金盒，治好了俞岱巖和殷梨亭的殘疾，此時他卻將金盒毀了，未免對人家不起；但趙敏眼光中卻充滿了幽怨之意，直到張無忌說要請能工巧匠重行鑲好，趙敏方才轉憂爲喜。趙敏的神情讓周芷若看出個八九不離十，只不過此時的張無忌尚未完全體會。

金盒損毀幾乎是珠花事件的翻版。所不同的是，珠花插到了情敵頭上，而金盒卻因另一個情敵毀壞。她對張無忌的感情，從對自己的愛憐，延伸到對痛惜金盒的毀傷，再從對痛惜金盒的毀傷，轉嫁回對自己的愛憐，也完成了她對張無忌感情的確定。

周芷若這個頭號大情敵終究是趙敏的心頭大患，趙敏也不會就此心滿意足。此後她以施予殷梨亭和俞岱巖解藥之名，要求張無忌與她同赴冰火島一借屠龍刀，同時周芷若又因滅絕師太遺命不利謝遜，謝遜輾轉被囚於少林寺，於是張無忌與周芷若的濠州婚禮正好給了她一個藉題發揮的機會。

說來，濠州婚禮的破壞固是趙敏一手造成，張無忌卻要負最後的責任。在這段時間的交往中，趙敏顯然已經得知張無忌對謝遜的關懷甚於一切，但在此之前，張、趙兩人雖已互生情愫，卻還不到相知相惜的地步，兩人各為其主的敵對立場也沒有完全扭轉過來。張無忌想救謝遜不是一天兩天的事，張無忌得知周芷若加害謝遜以後是否仍要維持婚約的承諾可以重新考慮，周芷若不利於謝遜非屬於私領域而是公領域的問題則須另外討論。依據趙敏隨後不久告訴張無忌，她手下有一死士在少林寺出家，是他捨了一條性命，帶來訊息。濠州在魯皖邊境，嵩山在河南，兩地相距何只三日之遙，濠州婚禮那天是三月十五日，他二人遇見秦老五得知「屠獅英雄會」訂在五月初五端陽節，拜堂不過區區一時半刻之事，又何來耽擱救人之說？一場喜慶大事被趙敏這麼一鬧，明教上下固然臉面無光，前來道賀的群豪固然臉上無趣，趙敏存心羞辱，張無忌虧心負婚，是否心中竊喜，那又是另一番周折了。

難捨雙親・十年教養

一個人自生命形成之始，便和父母家人脫離不了關係，任憑世界再怎麼變，際遇再怎樣不同，這種臍帶相連的事實卻是無論如何都不會改變。

出身「名門正派」的張翠山因追查龍門鏢局護送俞岱巖一案，和「邪教妖女」殷素素互生情愫。又於同往天鷹教在王盤山的揚刀立威大會後，被金毛獅王謝遜擄往海外的途中，結成了夫妻。張無忌出生之際，張翠山夫婦尚與謝遜處於敵對狀態下。殷素素臨盆之時，又逢謝遜狂性大發，夫妻倆只求見得自己的後代一眼，便算天可憐見。所幸，張無忌出生後的啼哭，觸發了謝遜人性中的良知。從此三人全力撫育這個小生命，禍福與共。

雖然和父母共同生活只有一旬不到的時間，無忌對父母的孺慕卻是永遠的。父母在衛道人士眼中門不當戶不對的婚姻，是張無忌心中一個難解的陰影。張翠山在武當山上自刎身亡，名門正派人士談論起來總不免說：「好好一位少年英俠，卻受了邪教妖女之累，一失足成千古恨，終至身死名裂，使得武當一派，同蒙羞辱。」而太師父和師叔伯的言談神色之間，也瞧得出他們傷心之餘，對母親頗有怒恨怨責的意思，都覺他父親一生甚麼都好，就是娶錯了他母親。所以當彭和尚受丁敏君一刺，卻說「武當派張翠山張五俠寧可自刎而死，也絕不說出他義兄的所在。彭瑩玉心慕張五俠的義肝烈膽，雖然不才，也要學他一學」時，便聽得張無忌胸中湧上一股熱血，心中對彭和尚是又親近，又感激了。

父母雙亡的張無忌成了孤兒，雖說義父、武當山上的太師父和師叔伯都對他極爲鍾愛，但一來畢竟相隔天南地北，二來是無論如何他們都不能取代生身父母，缺乏家庭溫暖總在有意無意間希望找到父母的影子。十年後，他看到長大的殷離，她淺淺一笑，眼中流露出的狡譎神色，像極殷素素臨去世欺騙空聞大師時，眼語便是那麼一副神氣，忍不住熱淚盈眶，跟著便流下淚來。那一晚睡夢之中，他幾次夢見殷離，又幾次夢到母親，竟分不清到底是母親還是殷離。去少林寺探救謝遜時，易三娘和他假扮母子，易三娘替他抹汗，言語之中頗蓄深情，也令他一時傷感，一聲「媽」叫出口，不禁想起自己母親。

凡事有一點父母的影子就讓他感傷半天，眞看到和父母有血緣關係的人，就不得不更激動了。他和小昭出密道，上了光明頂，看清楚場中相鬥的兩人，一個是四師伯張松溪，正琢磨另一個是何許人時，聽見有人叫出「白眉老兒」四字，他知道了那是外公白眉鷹王，心中立時生出一股孺慕之意，便想撲上前去相認。

可是想起這相拚搏的二人，一個是自己骨肉至親的外公，一個是待己有如親子的師伯，立即喜去憂來。

義父謝遜・情深義重

除了生身父母之外，和他一生關係最密切的人要算是義父謝遜了。張無忌出生之前，謝遜與張翠山、殷素素夫婦還是敵非友，但這個小生命的來到，竟改變了謝遜的後半生，不但使得謝遜練七傷拳以來的失心瘋不藥而癒，也在回復理智之後，成爲一個大徹大悟的好人。自可說都是拜張無忌在人世間發出那第一聲啼哭所賜。

殷素素用心思讓謝遜收無忌爲義子，並讓孩子改宗姓謝，本意雖是在使謝遜能將之視如己出，日後就算狂性發作，亦多半不會驟下毒手。但謝遜對張無忌的感情十分奇特，似乎是前世注定似的。張無忌剛墜地時，他便出乎自然地關切。其後在島上，謝遜對無忌的愛更不亞於張翠山夫婦，其溺愛的程度，倒像是作祖父的對待孫子一般。所以當他們回歸中土，在大海上遇到尋找謝遜的江湖人士，殷素素爲了不直接說出謝遜的消息而說「無惡不作、殺人如毛的惡賊謝遜，在九年前早已死了」時，年紀尚小的張無忌，因爲一時不能明白母親實際上另有所指，忍不住便大聲哭了起來，哭叫著說，他義父不是惡賊，他義父沒有死。

謝遜究竟是不是惡賊，世人心中將會有一把尺來衡量。可是對於和謝遜已經情逾骨肉的張無忌來說，不論謝遜有怎麼樣的過去，在他心目中永遠是一個可親可敬的人。這縱然是由於謝遜在張無忌出生後不再爲惡，張翠山夫婦也因同情他的遭遇而原諒了他，但其中實際上卻包含了非理性的感情因素在內。

張翠山、殷素素在武當山上自盡以後，和張無忌早已人鬼殊途，在這世界上，除了外公、舅舅、表妹等血親，只剩下謝遜是唯一眞正和他共同生活過的人。於是他長大成人以後，有許多時候念茲在茲的，便是想回冰火島去把義父接回中土，免再受那天寒地凍、蟲鳥不生之苦。得知謝遜被囚於少林寺之後，他更是不惜一切代價要救出義父。甚至可說，《倚天》的男主角表面上雖是張無忌，但從上光明頂以來，以至與趙敏由敵到友的情節推演，有一大段是圍繞著無忌與謝遜之間爲主題發展的。

當張無忌在說不得的乾坤一氣袋裡，和楊逍、五散人聽著成崑得意洋洋地述說他和明教的恩怨，原來逼姦謝遜的妻子，殺了他父母妻兒全家，引得謝遜濫殺江湖好漢，而拳斃少林神僧空見，掌傷崆峒五老，及王盤山上那一場震垮無數英雄好漢的獅子吼，都是他精密策劃、處心積慮設計出來的借刀殺人之計。

以張無忌的個性，對於自己遭受的欺凌折磨，大都能淡然置之，可是想起義父這樣鐵錚錚的一條漢子，竟在奸人的陰謀毒計之下弄得家破人亡、身敗名裂，還自己一個孤零零在荒島上殘度餘生，直教他這做義子的發怒欲狂。爆破乾坤一氣袋，九陽神功圓滿大成，和其後在小昭幫助之下練成乾坤大挪移，雖是張無忌本身福澤深厚，卻也有一小半是爲了要追殺成崑，替義父報仇。

接任教主後，張無忌要求明教教衆應允爲善去惡、行俠仗義，與中原各大門派盡釋前嫌，及迎回謝遜攝行教主等三件事。其中第三件表面雖是依據陽頂天的遺命，實則顯示張無忌之畏於擔任教主之職，恰巧陽頂天指定暫攝教主職位之人，又是他依之愛之的義父，於公於私，正當化了他到冰火島迎接謝遜的理由。

這件事因為趙敏的出現，中間橫生枝節而耽擱下來，但最後也因為趙敏的緣故而構成他們同赴海外找尋謝遜的直接因素。只不過張無忌要求別人答應他三件事，變成了他答應別人三件事，而地點也從冰火島變成了靈蛇島。值得注意的是，雖然向謝遜借屠龍刀小小把玩一番，並不違背俠義之道，張無忌對於詭計多端的趙敏這項要求，一直十分猶豫。直到趙敏利用金花婆婆也要借屠龍刀一用，搬出「咱們須得趕在頭裡，別讓雙眼已盲、心地仁厚的謝老前輩受這惡毒老婆子欺弄」這句話，才是促成張無忌決意動身的觸媒。

謝遜「雙眼已盲」是既存事實，但要說是「心地仁厚」，恐怕同意的人不多。即使謝遜本身的確對於過去的所作所為心存懊悔，但在那些親人慘死謝遜手下的人來說，卻難以磨滅心中永遠的痛。謝遜在少林三松下的懺悔或者令人動容，但那絕對不是此時和張無忌是友是敵仍難以釐清的趙敏能夠這麼早下判斷的。趙敏和謝遜未曾謀面，她對謝遜的所知完全來自張無忌的敘述，聰明如敏敏特穆爾，謝遜對張無忌的情誼和影響力也在她的掌握之中。

趙敏利用張無忌和謝遜的感情遂行目的的例子非只一端。濠州城裡，她以謝遜一擷金毛逼得張教主無法和峨嵋掌門周芷若完婚，更是把這一套棋譜發揮得淋漓盡致的最高表現。

周芷若在小島上曾不利於謝遜是事實，但這和她與張無忌的感情是兩回事，本書對此將於〈評語〉一章中詳加討論，此處不予贅述。張無忌對於娶周芷若、捨趙敏把持不定也是事實，可是要說張無忌當時不欲和周芷若完婚，卻未免偏離太過。就算張無忌眞的不能沒有趙敏，他也可以用其他方法推托和周芷若的婚事，甚至一開始就不必訂下白頭之約。只能說，謝遜的安危對張無忌來說比甚麼都重要，趙敏想幫忙相救不能說是僞善，救出謝遜以後也可以證明她在這件事情上的清白，但謝遜失蹤已經不是一天兩天的事，從魯皖邊界的濠州到嵩山少林，也不是一時半刻可以到達，對義父有感情的張無忌要救謝遜當然是能早得一刻便早一刻，可是就算眞的犧牲這場婚禮，也相差不了多少時刻，大不了洞房留待他日擇期再補，至少讓拜堂一事行禮如儀一番。

總之婚禮就此破壞，張無忌已如過河卒子，無論再發生任何事，都不會比去救出義父重要，即如少林寺這莊嚴神聖、臥虎藏龍之地，也要闖他一闖。

渡厄、渡劫、渡難三僧看管謝遜，地牢直如銅牆鐵壁一般，張無忌武功再高，一人也難抵三僧「金剛伏魔圈」心意相通、動念便知的配合。趁著青海派八名門人偷襲，張無忌方才有機會和地牢裡的謝遜說上幾句話。但金剛伏魔圈著實難破，加上謝遜爲空見神僧之死，數十年來，內疚難安，張無忌只得另作他想。第二天，張無忌有殷天正、楊逍助陣，不意仍然功敗垂成，還折損了月前在光明頂上力鬥六大門派的外公。

事情到了這個地步，張無忌也並不死心。直等到端陽節「屠獅英雄大會」上，張無忌又率領明教群豪，來到少林寺中。其他來到的各路武林人物之中，有的和謝遜有仇，處心積慮要殺之雪恨；有的覬覦屠龍刀，想要成爲武林至尊；也有些是瞧熱鬧而來。其實謝遜和屠龍刀一事，一而二，二而一，因此大會決議，誰的武功天下第一，謝遜和屠龍刀皆歸其處置。

各路英雄輪番比武之後，出人意料的是，由練習速成「九陰白骨爪」的周芷若奪得「武功天下第一」的名頭。更匪夷所思的是，張無忌卻不顧與周芷若間愛恨不清的關係，前去邀請她聯手以破金剛伏魔圈。

張無忌得周芷若之助，攻入金剛伏魔圈中心，抱出謝遜，周芷若卻趁張無忌抵擋三僧圍攻時意欲不利謝遜。那四人比拚原本難解難分，幸賴楊過後人來援，方才解去謝遜的危難，張無忌也才能將三僧的勁力一一化解。

只是謝遜這數月來被囚地牢，日夕聽松間三僧唸誦《金剛經》，於經義頗有所悟，自願留在寺中，並由渡厄予以剃度。張無忌不知該要歡喜，還是悲傷，放下屠刀、立地成佛的佛家精義，卻不是尚在情癡裡懵懵懂懂的他所能領悟的了。

武當諸俠・情逾骨血

一般人的身分地位承襲自父系者多，一旦碰上甚麼事情和父親相關的，也總是往自己身上攬。張無忌聽得靜玄向四名明教白袍人問，如何得知六派圍剿魔教的消息，心中盡是思量：「六派？六派？我武當派在不在內？」

其實張無忌並未在武當山上行過拜師之禮，嚴格來說，算不上武當弟子，可是因父親的淵源，向來把武當派當作自己門派。他和明教等人在少林寺羅漢堂看見趙敏一行人「先誅少林，再滅武當，惟我明教，武林稱王！」的嫁禍，知道他們剷平少林之後，下一個就是武當，不由得憂心如焚。想到留守山上的只有太師父和若干第三代弟子，俞岱巖殘廢在床，萬一強敵猝至，難以抵擋，便請韋一笑和他先趕到武當山支援。

到了武當山上，張三丰在無防備之下，遭來自西域「金剛門」的空相偷襲成重傷，隨後趙敏又率十餘名座下高手欲對張三丰和武當不利。這時的張無忌實在忍不住，便從俞岱巖身後走出來，要代替張三丰和阿三較量。

張無忌道：「太師父，你對孩兒恩重如山，孩兒便粉身碎骨，也不足以報太師父和眾位師伯叔的大恩。我武當派功夫雖不敢說天下無敵，但也不致輸於西域少林的手下。太師父儘管放心。」他這幾句話說得誠摯無比，幾句「太師父」純出自然，決計做作不來……（第廿四回．太極初傳柔克剛）

饒是趙敏見多識廣，對中原武林甚至明教各知名人物都做過一番研究，也明知張無忌的父親是「銀鉤鐵劃」張翠山，此刻卻不知為何腦袋轉不過彎來，沒連結上張無忌和武當的淵源，道：「張教主，怎地如此沒出息，假扮起小道僮來？滿口太師父長、太師父短，也不害羞。」張無忌見事已至此，乾脆表明身分，朗聲說：「先父翠山公正是太師父座下的第五弟子，我不叫『太師父』卻叫甚麼？有甚麼害羞不害羞？」張三丰和俞岱巖見這個力敗西域少林兩大高手的少年，竟是當年那個病得死去活來的孩子，驚喜交集，想到愛徒翠山有後，真是甚麼都比不上的無價之寶。

太師父之外，張無忌和其他師叔伯也都極為親近，當年他身中玄冥神掌，武當諸俠均曾不惜損耗內力，盡心竭力的為他療傷，這份恩情，張無忌一生都無法回報。再因為傷逝張翠山之死，師叔伯平日都待他極好，宋遠橋雖曾因宋青書殺莫聲谷之事誤會過無忌，但那本是人情親疏遠近之常情，亦未能因此責怪宋遠橋不護衛張無忌。至於其他幾位裡面，著墨最多的殆為俞蓮舟和殷梨亭兩位。

張無忌隨著父母離開冰火島，還沒真正踏上中土，便在大海上遇到父母雙方的人為了他一家爭執不休。其中，武當派的代表便是俞蓮舟。

俞蓮舟個性外剛內熱，表面上不苟言笑，事實上卻極重情誼，張翠山當年無故失蹤，他傷心欲狂，如今師兄弟重逢，不啻生平一大喜事。他雖因殷素素殺死龍門鏢局一家老小之事，嚴厲訓斥，心中卻已打定主意，寧可自己性命不要，也要保護師弟一家平安周全。（第九回．七俠聚會樂未央）

俞蓮舟潛心武學，無妻無子，見面以來，內心對無忌便十分喜愛，只是生性嚴峻，神色間顯得較為冷淡。但無忌也甚伶俐乖巧，知道這位冷口冷面的師伯其實待自己極好，一有空閒，便纏著師伯問東問西。俞蓮舟也不厭煩，常常抱著他坐在船頭，觀看江上風景。……（第九回．七俠聚會樂未央）

張無忌就在這船上被擄，身中玄冥神掌。離開武當，赴蝴蝶谷，前往崑崙山，練成九陽神功，再見到師叔伯，一時不敢相認。直到爲周芷若以倚天劍刺傷，宋青書乘他之危，對招敗下，殷梨亭舉劍欲殺楊逍，張無忌終於和武當諸俠相認。

張無忌噴出一口鮮血，神智昏迷，心情激盪，輕輕的道：「殷六叔，你殺了我吧！」

殷梨亭聽到「殷六叔」三字，只覺語氣極為熟悉，心念一動：「無忌幼小之時，常常這樣叫我，這少年……」凝視他的面容，竟是越看越像，雖然分別九年，張無忌已自一個小小孩童成長為壯健少年，相貌已然大異，但殷梨亭心中先存下「難道他竟是無忌」這個念頭，細看之下，記憶中的面貌一點點顯現出來，不禁顫聲道：「你……你是無忌麼？」

張無忌全身再無半點力氣，自知去死不遠，再也不必隱瞞，叫道：「殷六叔，我……我時時……想念你。」

殷梨亭雙目流淚，噹的一聲拋下長劍，俯身將他抱了起來，叫道：「你是無忌，你是無忌孩兒，你是我五哥的兒子張無忌。」

宋遠橋、俞蓮舟、張松溪、莫聲谷四人一齊圍攏，各人又驚又喜，頃刻間心頭充塞了歡喜之情，甚麼六大派與明教間的爭執仇怨，一時俱忘。（第廿二回・群雄歸心約三章）

金庸在後記中提到，《倚天》這部書的感情重點不在男女之間的愛情，而是男子與男子間的情義。在此，他指的是「武當七俠兄弟般的感情，張三丰對張翠山、謝遜對張無忌父子般的摯愛」。雖然接著金庸自謙「張三丰見到張翠山自刎時的悲痛，謝遜聽到張無忌死訊時的傷心，書中寫得太也膚淺……」可是張無忌這一場在生死瞬間意識模糊之時和師叔伯相認的橋段，令人聞之鼻酸，足爲全書最感人的片段之一。

同門鬩牆．爲情成仇

武當山上唯一和無忌過不去的大約只有宋青書。依照廿四回中所敘，張無忌既然小時在武當山住的那兩年和清風、明月兩個小道僮常在一處玩耍，應該也識得大師伯宋遠橋的兒子宋青書。不過書上並未特別提及。宋青書現身的時候已經是一個二十七、八歲的公子，武林中人無不把他當作是武當派第三代的準接班人。而對張無忌來說，宋青書從出現到死，都是站在情敵的角度和他對抗。

宋青書在前往圍剿光明頂途中，力鬥殷無福、殷無祿、殷無壽三位殷天正手下奴僕高手，殷離偕張無忌來到之後，出手干預，雙方暫停打鬥。宋青書後退站定，瞧見如空谷幽蘭的周芷若，此後眼光便一刻離不開。到了六大派圍攻光明頂，周芷若奉師命刺了張無忌一劍，宋遠橋見殷梨亭因紀曉芙之事憤恨難平，遂讓宋青書下場對付無忌。此時武當諸俠雖未認出無忌，但俞蓮舟見張無忌重傷後虛弱無力，基於俠義心理，叫宋青書只要點了張無忌穴道，不可傷了他性命。

可是宋青書此時已是妒火攻心，平素端方重義如他，見周芷若瞧著這少年的眼光之中，一直含情脈脈，反而對他充滿恨意。他明知自己倘若擊死這個少年，不但抹不去他在周芷若心中的痕跡，且必定深深怪怨，還是不願放過這唯一置他死命的機會。宋青書踢了幾腳被張無忌卸開，得父親指示後又攻出三十六招「綿掌」仍然無功，偶一回頭，卻見周芷若對這小子滿臉關懷之色，不禁又酸又怒。兩招「花開並蒂」如暴風驟雨般發出，但仍被張無忌用乾坤大挪移功夫招呼回自己身上。

此後宋青書情魔越甚，終至因偷窺峨嵋諸女臥室，被莫聲谷撞見，致有石岡比武、以姪弑叔之事。這事也因此被陳友諒所利用，要他挾制張三丰和武當諸俠，以逼迫張無忌聽其號令。

宋青書走錯一著，卻從此步上了不歸路。張無忌知周芷若濠州拜堂被趙敏破壞後，他再被周芷若利用作爲報復張無忌的棋子，並且背棄武當，投入峨嵋門下。到了少林屠獅大會上，俞蓮舟爲報莫聲谷之仇，將宋青書擊得頭骨碎裂。張無忌雖盡力醫治，但回了武當山後，張三丰親自清理門戶，一掌擊斃宋青書，又革去宋遠橋掌門弟子之位，爲宋青書的誤入歧途，劃下句點。

蝶谷醫仙・傳承醫術

在所有和張無忌關係較密切的人中，最特別的要算是胡青牛了。胡青牛和張無忌沒有任何血源關係，常遇春帶張無忌到蝴蝶谷求醫時，雖然因張無忌是殷素素的骨血、殷天正的外孫，胡青牛才有了一點點願意出手相救的理由，但嚴格來說，張無忌也稱不上是明教中人，甚至由於張三丰的交待，其時的張無忌對明教還有相當的排斥。他二人之間最原始的關係便是大夫與病患，而且還是一個愛救不救，一個愛醫不醫的奇異組合。

胡青牛外號「見死不救」，饒是常遇春以一己性命交換，他仍不為所動，之所以對醫救張無忌從排斥到接受，完全是這位名醫好學的心理作崇。本來胡青牛已決定把常遇春和張無忌都攆出門外，讓他二人自生自滅。誰知誤打誤撞，抓住張無忌手腕脈門的那一剎那，突然覺得他脈搏跳動甚是奇特，再凝神搭脈，便懷疑起張無忌所中寒毒是失傳已久的玄冥神掌，也引發了一試自己醫術、替張無忌治病的動機。

胡青牛為張無忌療毒原本不是出於他的仁心仁術，但深山僻谷之中，除了幾名煮飯煎藥的小僮之外，平素日子著實孤寂無聊，如今張無忌到得谷中，雖對醫理所知極為有限，但憑著義父謝遜在冰火島上曾傳授的點穴、解穴以及移轉穴道之術，東拉西扯，倒也令人暢懷。又張無忌想替常遇春療傷，向胡青牛借閱醫書，如此一來，正投所好。胡青牛長年隱居荒谷，終究寂寞。前來求醫之人雖然絡繹不絕，但那些人只讚歎他醫術如神，豈知他畢生眞正自負之事，不僅在「醫術」之精，而是於「醫學」上有道前賢之所未道的發明創見。若是只能孤芳自賞，未免可惜。張無忌此時既樂於研讀他的著作，頗令他有得遇知己之感。

兩年下來，張無忌的病況仍未痊癒，但他和胡青年之間也不知不覺建立起師生般的情誼。只是這樣的日子，卻因胡青年多年前和金花婆婆結怨，隨著銀葉先生終告不治而結束。胡青牛知道對手難惹，以「當歸、遠志、生地、獨活五味藥，二更時以穿山甲為引，急服」此一古怪藥方暗示張無忌連夜逃走。胡青牛原本計畫和前來會合的妻子王難姑詐死暫避，無奈最後還是難逃金花婆婆毒手。胡青牛雖然從此離開人間，但他的一身本事卻早已傳給了張無忌，王難姑的《毒經》也成了張無忌的參考書，書上記述諸般毒物的毒性、使用和化解之法等，在日後發生的許多狀況，如為何太沖五姨太的靈脂蘭療毒、趙敏所施的七蟲七花膏事件中都派上用場。

張無忌的人生哲學

處事篇

以情爲先．柔性導向

光明頂上一陣殘殺，殷天正和莫聲谷比劃之際，左臂被莫聲谷刺了一劍，鮮血如泉湧出。殷天正是何等樣人，怎會如此就敗下陣來？突然之間，莫聲谷手中長劍已被奪過，肩頭肩貞穴也在對方掌握之下。殷天正並未就此下殺手，莫聲谷也退回武當的陣營，本來事情應該到此告一段落，不料宋遠橋給殷天正塗抹金創藥後，又向前挑戰。張無忌雖和雙方都淵源極深，卻不住叫道：「宋大……宋大俠，用車輪戰打他老人家，這不公平！」

不過，宋遠橋當然不會去聽這個衣衫襤褸的少年的話，還是和殷天正比拚，但兩人說過不比內力，因此點到爲止，和局收場。武當派的俞蓮舟和殷梨亭不願乘人之危，可是旁人卻未必個個有君子之風，崆峒派唐文亮於是下陣挑戰。殷天正此時已精疲力竭，鬥了數回合，便一跤坐倒，唐文亮縱起身子，凌空下擊，急得張無忌再一次想飛身去救助外公，幸好殷天正用餘力使出「鷹爪擒拿手」，折斷唐文亮手腳四肢，把他摔出數尺之外。

殷天正不倒下，六大派不會就此干休。果然，繼唐文亮之後，崆峒派又出來一個宗維俠。俞蓮舟見殷天正已受重傷，不願看到他就此喪命，且又想起張翠山和殷素素，試圖阻止，可是宗維俠不從，少林的空智大師又發令各派圍剿，激得張無忌無法再作他想，挺身而出，擋在宗維俠面前……

（張無忌）說道：「且慢動手！你如此對付一個身受重傷之人，也不怕天下英雄恥笑嗎？」張無忌知道外公雖比先前好了些，卻萬萬不能運勁使力，他所以要接宗維俠的拳招，只不過是護教力戰，死而後已，於是低聲說道：「殷老前輩，待我來替你先接，晚輩不成時，老前輩再行出馬。」殷天正瞧出他內力深厚無比，自己便在絕無傷勢之下，也是萬萬不及，但自己為教而死，理所當然，這少年不知有何干係，他本領再強，也決計戰不過對方敗了一個又來一個、源源不絕的人手，到頭來還不是和自己一樣，重傷力竭，任人宰割，如此少年英才，何必白白的斷送在光明頂上？當下問道：「小友是哪一位門下，似乎不是本教教徒，是嗎？」張無忌恭恭敬敬說道：「晚輩不屬明教，不屬天鷹教，但對老前輩心儀已久，今和前輩並肩抗敵，乃是份所應當。」（第二十回．與子共穴相扶將）

這出於張無忌的仁義是必然的，可是他看著和自己素不相識的外公，憂慮之情溢於言表，那份血濃於水的情感，足見一斑。至於在他心中那個對自己慈愛萬分的義父，更是日後迫使他毀婚、不顧一切力戰少林，牽繫著他應付外界壓力的一個泉源。

心無城府．不疑他人

張無忌有一個很大的優點，那就是他對別人幾乎都絕對的信任，別人說甚麼，他就認爲是甚麼，從不懷疑人家跟他說的話裡可能有幾分爲眞，幾分爲假。當然，從他本身來說，他也從不欺瞞他人，也正因爲如此，他總是用同理心去對待他人。這和他童年時的生長背景有著絕對的關係，在那個荒無人煙的冰火島，總共就只有張翠山、殷素素、謝遜和他四個人，親生父母對他付出無盡無私的愛固不待言，謝遜在他出生後完全除去暴戾之氣，和張翠山夫婦也和樂融融，不再用江湖上的機巧相對。在那個無憂無慮的天地裡，從來沒有人告訴張無忌欺騙是甚麼，他也不需要知道欺騙在這個世界上有甚麼用處，這養成了他坦蕩蕩的心胸。只可惜，回到中原來，美好的大地卻充滿了爾虞我詐，即使殷素素臨死前那句「要提防女人騙你，越是好看的女人越會騙人」也沒能在他往後的日子中成為太大的警語，畢竟他沒有那樣的環境，沒有那樣的習慣去提防別人。

其實不只是女人，張無忌被騙的次數多得很，他也不因回中原途中被老乞丐騙了一次就學乖，所以後來才陸陸續續有數不完的教訓。如果不是心無城府，他不會在朱九眞家受盡淩辱後遲遲沒有懷疑朱家怎麼可以在那麼多年後、那麼巧合地找到金毛獅王的瞞天大計。如果不是心無城府，他怎麼想得到堂堂蒙古郡主居然不惜犧牲自己手下性命，也要騙得他這個狠心短命的張教主從阿二、阿三身上刮下七蟲七花膏。如果不是不習慣懷疑他人，他又怎能相信一個曾經和他有過婚姻之盟的女子，可以為了一洩心頭之恨，拿自己的婚姻大事作幌子，硬說自己和另一個男人結了婚？

幾乎每一次都差點鑄成大錯，每一次都令他悔恨交加。最糟糕的一次卻不是因為有人想從他身上得到甚麼好處，也不是好看的女人故意整他，卻是因為愛他的師叔伯沒有查明眞相的誤會，而且還差點要了他的命。

要怪就怪宋青書吧！誰叫他和張無忌同時看上周芷若？本來這也不是太嚴重的問題，但顯然是周芷若傾向張無忌的態度讓宋青書覺得自己希望渺茫，卻又忍不住相思之苦，才會色膽包天到去偷窺峨嵋諸女的臥室。這在俠義中人本是非常不該的行為，然而糟之又糟的是這事居然給莫聲谷知道了。宋青書為了自保，以姪弒叔，卻又因莫聲谷在客店匆匆留下的「門戶有變，亟須清理」讓其餘四俠未及辨明就怪到張無忌身上，無巧不巧，四俠追蹤莫聲谷下落之時碰到的張無忌又跟趙敏這個「妖女」在一起。張、趙雖沒做虧心事，卻不願在此時讓四俠誤會加深，因此打一陣，躲一陣。沒想到師叔為了一求眞相，竟用詐死的方式來誘捕張無忌。

……張無忌一低頭，將腦袋往劍尖上迎去，忽地臥倒，向前撲出，張松溪小腹和左腿上四處穴道被點，摔倒在地。

張無忌所點這四處穴道只能制住下肢，正要往他背心「中樞」穴補上一指，猛聽得張松溪大聲慘呼，雙眼翻白，上身一陣痙攣，直挺挺的死了過去。張無忌這一下只嚇得魂不附體，心想適才所點穴道並非重手，別說不會致命，連輕傷也不至於，難道四師伯身有隱疾，陡然間遇此打擊，因而發作麼？他背上剎那間出了一陣冷汗，忙伸手去探張松溪的鼻息。

突然之間，張松溪左手一探，已拉下了他臉上蒙著的衣襟。兩人面面相覷，都是呆了。

過了好半晌，張松溪才道：「好無忌，原來……原來……是你，可不枉了咱們如此待你。」他說話聲音已然哽咽，滿臉憤怒，眼淚卻已涔涔而下，說不出是氣惱還是傷心。原來他自知不敵，但想至死不見敵人面目，不知武當四俠喪在何人手中，當真死不瞑目，是以先裝假死，拉下了他蒙在臉上的皮裘。

張無忌一來老實，二來對四師伯關心過甚，竟爾沒有防備。他此刻心境，真比身受凌遲還要難過，失魂落魄，登時全然糊塗了，只道：「四師伯，不是我，不是我……七師叔不是我……不是我害的……」

張松溪哈哈慘笑，說道：「很好，很好，你快快將我們一起殺了。大哥、二哥、六弟，你們都瞧清楚了，這狗韃子不是旁人，竟是咱們鍾愛的無忌孩兒。」

宋遠橋、俞蓮舟、殷梨亭三人身子不能動彈，一齊怔怔的瞪著張無忌。

張無忌神智迷亂，便想拾起地下長劍，往頸中一抹。（第卅二回・冤蒙不白愁欲狂）

張無忌此時的表現太糊塗，明明知道自己遭受不白之冤，卻在一時昏亂之下差點把自己的性命都結束掉。到底是出身大戶人家的趙敏顯得比他冷靜，冷言冷語把在場所有人都罵了一頓，既明示武當四俠不該疑心張無忌，也提醒張無忌自己受人冤枉。幸好不久宋青書和陳友諒及丐幫掌缽龍頭路過，宋青書坐騎被張無忌以石子彈出而停了下來，幾人的對話終於把事情的眞相揭出，武當四俠得知誰是眞凶，也解除了張無忌的一次危機。

唯一例外的一次就是對小昭的信任。小昭的政治智慧不下於趙敏、周芷若，僞裝的功夫更是比她那個帶著人皮面具才能掩人耳目的母親高出甚多。她的絕世容顏在楊不悔把玩匕首的反射下洩了底，精通八卦方位的知識也早教楊逍懷疑。可是這些對張無忌來說卻不構成問題。張無忌在楊不悔房內初見這個把相貌裝得比蛛兒還醜的小丫鬟天生殘疾，心生憐憫，楊不悔看她不順眼，舉劍刺去，張無忌卻不作他想便飛身相救。小昭爲報救命之恩，帶張無忌下甬道找尋成崑。不一會兒，跛腳、醜臉的僞裝盡去，張無忌雖然訝異，也不從此把她打入十八層地獄；小昭對八卦方位和載有乾坤大挪移神功心法的羊皮來龍去脈熟悉之程度超乎想像，她撒了小謊，仍未在張無忌心中起甚麼疙瘩。反倒是在楊逍後來警告新教主提防小昭時，張無忌還儘量替她解釋。這份胸襟換來小昭的眞心對待，也算張無忌傻人有傻福吧！

被動無主・需藉他力

張無忌的被動無疑是和他猶豫的性格分不了關係的。在幾次影響他生命歷程的重大關頭，他也總是拿不定主意，無法決斷在當時的情勢下，該不該接受或該不該執行某項任務，總是待他人動之以情，或是說之以理，並且說得讓他覺得無悖於俠義之道，又似乎可以把別人的建議當作暫時解決問題的辦法，他張某人才會順勢答應，而這便成了他被動的做事態度。

九陽神功，是他在山洞中閒來無事的情況下練就的。練乾坤大挪移，幾乎可說是是小昭之功。小昭是為報恩，希望這個好心的張公子能練一練他們波斯明教的上等心法。他只小小推卻了一下，便照著小昭之言去做，推得並不十分堅決。

之前從陽頂天夫婦埋骨處拾得羊皮，小昭因其身分，知道那是乾坤大挪移心法，其時張無忌以為，秘道中無米無水，最多不過七、八日，他兩人就要餓死了，也不如何歡喜，讀完陽頂天遺書後，去推通道山口的石門……

他試了三次，頹然而廢，只見小昭又已割破了手指，用鮮血塗在那張羊皮之上，說道：「張公子，你來練一練乾坤大挪移心法，好不好？說不定你聰明過人，一下子便練會了。」

張無忌笑道：「明教的前任教主窮終身之功，也沒幾個練成的，他們既然當得教主，自是個個才智卓絕。我在旦夕之間，又怎能勝得過他們？」

小昭低聲唱道：「受用一朝，一朝便宜。便練一朝，也是好的。」（第二十回．與子共穴相扶將）

讓小昭這盈盈細語一說，張無忌便不再推辭，接過羊皮，開始練起心法了。

接明教教主之事更是明顯。依張無忌的個性，對一般人喜歡追逐的名利是不會有甚麼興趣的，而且明教歷史悠久，成員複雜，管理起來也非那麼容易。他只不過一時憑著武功卓絕，救了明教，正好明教多年來群龍無首，見他武功蓋世，自然誰都服氣，加上他年少謙卑，任誰也不討厭他，於是推舉他做教主。

彭瑩玉忽道：「各位聽我一言：張大俠武功蓋世，義薄雲天，於本教有存亡繼絕的大恩。咱們擁立張大俠為本教第三十四代教主。倘若教主有命，號令眾人進入秘道。大夥兒遵從教主之令，那便不是壞了規矩。」楊逍、殷天正、韋一笑等早就有意奉張無忌為教主，一聽彭和尚之言，人人叫好。

張無忌急忙搖手道：「小子年輕識淺、無德無能，如何敢當此重任？加之我太師父張真人當年諄諄告誡，命我不可身入明教，小子應承在先。彭大師之言，萬萬不可。」（第廿二回．群雄歸心約三章）

張無忌一時的反應自然是推卻，可是他還是推得不乾不脆。殷天正和殷野王怎會聽不出來？這倒也不是說張無忌矯揉造作，以退爲進，只是他說的這幾句話，也不如何義正詞嚴，不是講出一番深刻的感受，他不過搬出太師父做擋箭牌，外公自然要把自己的關係往上也套上一套，讓張無忌在取捨的天平上向明教這邊傾斜了。

殷天正道：「我是你外公，叫你入了明教。就算外公親不過你太師父，大家半斤八兩，我和張真人的說話相互抵消了罷，只當誰也沒說過。入不入明教，憑你自決。」殷野王也道：「再加一個舅父，那總夠斤兩了罷？常言道：見舅如見娘。你娘既已不在，我就如同是你親娘一般。」

張無忌聽外公和舅父如此說，心中難過，說道：「當年陽教主曾有一通遺書，我從秘道中帶將出來，原擬大家傷癒之後傳觀。陽教主的遺命是要我義父金毛獅王暫攝教主之位。」說著從懷中取出那封遺書，交給楊逍。

彭瑩玉道：「張大俠，大丈夫身當大變，不可拘泥小節。謝獅王是你義父，猶似親父一般，自來子繼父職，謝獅王既不在此，便請你依據陽教主遺言，暫攝教主尊位。」眾人齊道：「此言最是。」（第廿二回．群雄歸心約三章）

就這樣，一方面受不了他人的人情壓力，一方面則是當前的情勢又讓他自我解釋這是因救人而從權，於是半推半就，張無忌當上了明教的教主。

前面提到張無忌曾向衆人說過，接教主只是一時權宜。可是這些人分裂吵嚷了二十年，好不容易找到一個可以叫大家閉嘴不吵架的人，怎肯輕易放過？何況他又是白眉鷹王殷天正的外孫，於公已無異議，於私雖不免有點「家天下」的味道，殷天正這個當外公的更是必須堅持把他留在教主之位。

張無忌耳聽殺聲漸近，心中惶急加甚，一時沒了主意，尋思：「此刻救人重於一切，其餘儘可緩商。」於是朗聲道：「各位既然如此見愛，小子若再不允，反成明教的大罪人了。小子張無忌，暫攝明教教主職位，度過今日難關之後，務請各位另擇賢能。」（第廿二回．群雄歸心約三章）

白眉鷹王殷天正站起身來，大聲說道：「天鷹教教下各人聽了：本教和明教同氣連枝，本是一脈。二十餘年之前，本人和明教的夥伴們不和，這才遠赴東南，自立門戶。眼下明教由張大俠出任教主，人人捐棄舊怨，群策群力。『天鷹教』這個名字，打從今日起，世上再也沒有了，大夥兒都是明教的教眾，咱們人人聽張教主的分派號令。要是哪個不服，快快給我滾下山去罷！」

天鷹教教眾歡聲雷動，都道：「天鷹教源出明教，現今是反本歸宗。咱們大夥兒都入明教，那是何等的美事。殷教主和張教主是家人至親，聽哪一位教主的號令都是一樣。」殷天正大聲道：「打從今日起只有張教主，哪個再叫我一聲『殷教主』，便是犯上叛逆。」

張無忌拱手道：「天鷹教和明教分而復和，真是天大的喜事。只是在下迫於情勢，暫攝教主之位。此刻大敵已除，咱們正該重推教主。教中有這許多英雄豪傑，小子年輕識淺，何敢居長？」

周顛大聲道：「教主，你倒代我們想一想，我們為了這教主之位，鬧得四分五裂，好容易個個都服了你。你若再推辭，那麼你另派一個人出來當教主罷。哼哼！不論是誰，我周顛首先不服。要我周顛當罷，別個兒可又不服。」彭瑩玉道：「教主，倘若你不肯擔此重任，明教又回到了自相殘殺、大起內訌的老路上，難道到那時又來求你搭救？」

張無忌心想：「這干人說的也是實情，當此情勢，我難以抽手不顧。可是這個教主，我確是既不會做，又不想做。」於是朗聲說道：「各位既如此垂愛，小子不敢有違。只得暫攝教主重任，只是有三件事要請各位允可，否則小子寧死不肯擔當。」（第廿二回・群雄歸心約三章）

張無忌要明教兄弟約法三章的事，第一是人人嚴守教規，為善去惡，行俠仗義，親愛互助，有如手足，不可自相爭鬥。如有違犯，一律處以重刑。第二是要明教弟子和中原各大門派的恩怨既往不咎，前嫌盡釋。第三則是先赴海外迎回金毛獅王謝遜，由他攝行教主，然後眾人同遵陽頂天遺命，設法尋覓聖火令，由覓回聖火令之人接任第三十四代教主之位。

這就是張無忌的邏輯。他雖然不像段譽那樣飽讀詩書，遇到違背原意的情況總要學學孔子刪《春秋》的方式，或是以《易經》所學引經據典解釋，可是這種給自己行為合理化的情形倒也異曲同工。只是手無縛雞之力的段譽事實上甚有主見，反倒是武功高人一等的張無忌往往不甚堅持，這其間的天壤，又相去甚遠了。

再說關係著全書來龍去脈的倚天劍和屠龍刀，最後總該屬於書裡面的男主角了。可是當張無忌到手的時候，卻是以周芷若以刀劍互斫後，以四截斷刀斷劍的模樣，在醫治半死不活的宋青書身上掉了出來。銳金旗的吳勁草自告奮勇，和烈火旗的辛然合作，要把刀劍接好。

張無忌看那兩枚入爐燒過的聖火令果然絲毫無損，接過屠龍刀來，往兩根從元兵手中搶來的長矛上砍去，嗤的一聲輕響，雙矛應手而斷，端的是削鐵如泥。

群雄大聲歡呼，均讚：「好刀！好刀！」

吳勁草捧過兩截倚天劍，想起銳金旗前掌旗使莊錚以及本旗的數十名兄弟均是命喪此劍之下，忍不住眼淚奪眶而出，說道：「教主，此劍殺了我莊大哥，殺了我不少好兄弟，吳勁草恨此劍入骨，不能為它接續。願領教主罪責。」說著淚如雨下。（第卅九回・秘笈兵書此中藏）

屠龍刀接好了，可是吳勁草不願意接倚天劍。此時的張無忌卻想再來個物歸原主，把倚天劍還回峨嵋派，屠龍刀則想交給少林寺。他倒也有他的理由。

張無忌道：「這是吳大哥的義氣，何罪之有？」拿起兩截斷劍，走到峨嵋派靜玄身前，說道：「此劍原是貴派之物，便請師太收管，轉交周……交給宋夫人。」

靜玄一言不發，將兩截斷劍接了過去。

張無忌拿著那柄屠龍刀，微一沈吟，向空聞道：「方丈，此刀是我義父得來，現下我義父皈依三寶，身屬少林，此刀該當由少林派執掌。」

空聞雙手亂搖，說道：「此刀已數易其主，最後是張教主從千軍萬馬中搶來，人人親眼得見，又是貴教吳大哥接續復原。何況今日天下英雄共推張教主為尊，論才論德，論淵源，論名位，此刀自當由張教主掌管，那是天經地義的了。」

群雄齊聲附和，均說：「眾望所歸，張教主不必推辭。」

張無忌只得收下，心想：「若得憑此寶刀而號令天下武林豪傑，共驅胡虜，原是眼前的大事。」只聽得群雄紛紛說道：「武林至尊，寶刀屠龍，號令天下，莫敢不從！」下面本來還有「倚天不出，誰與爭鋒？」這兩句，但眾人看到倚天劍斷折後不能接續，這兩句誰也無人再提了。明教銳金旗下諸人與那倚天劍實有切齒大恨，今日眼見屠龍刀復原如初，倚天劍卻成了兩截斷劍，無不稱快。（第卅九回．秘笈兵書此中藏）

可不是，空聞是有道高僧，對屠龍刀不像其他江湖人物貪心那麼重，但要說論才德，論淵源，其實該歸給誰還難說得很。張無忌先前說該由少林寺掌管的話，也是另一家之言，所謂誰最有資格，都沒有一個天經地義的定論。可是空聞這麼一說，其他人再一附和，張無忌就再一次「從善如流」了。

以武服人‧排難解紛

張無忌雖稱仁義，《倚天屠龍記》畢竟是一個以力服人的武俠世界，身懷絕技的人才配在這個世界裡稱英雄，也才能用他的武藝令他人敬服。張無忌身為武俠世界裡的男主角，自然不能免除適時發揮高超武功以解決問題的場面。

九陽神功和乾坤大挪移心法初成，就讓他有了展示武功、力服群雄的機會。一開始，他看到張松溪和殷天正比武，已想搶上去拆解，正好他二人各自退開，才暫時省去這個任務。

不過在宗維俠於殷天正重傷之下，還想乘機對付時，他卻無法再有其他選擇，大步搶出，擋在宗維俠身前。宗維俠不以為意，伸手推出，張無忌還伸一掌，砰地一響，宗維俠立時倒退三步。

宗維俠之後則是圓音。張無忌挺身而出，原是希望兩下言和罷鬥，只要化名圓眞的成崑出來對質，教他的奸謀大白於世，所有誤會都可解決。可是圓音不但為圓眞辯護，還侮辱張翠山自甘下流，受魔教妖女迷惑，張無忌哪裡還忍得住，縱身向前，左手探出，便把圓眞後腰提了起來。圓眞這下有如鶵雞落入鷹爪，半分抵禦之力也施展不出。

如果只是對付這兩個不大不小的角色，也顯不出張無忌的眞本事來。不解世事的空性不知圓眞來歷，更不知那具臉頰凹陷、雙目翻挺的屍體是個詐死貨，以為張無忌把一切罪過推在已死之人身上，一伸手，就用龍爪手和張無忌力拚。張無忌躲得幾招，看全龍爪手三十六式抓法，用這現買現賣的功夫和空性拆招。張無忌招招後發先至，而且出招的手法勁力、方向部位，都是穩迅兼備。到了最後兩招的「抱殘式」、「守缺式」，似守實攻，大巧若拙，空性以為張無忌著了他的道兒，豈知雙掌掌緣剛和他右臂相觸，一股柔和厚重的勁力已從他臂上發出，擋住自己雙掌下擊，右手五指也隨即虛按在空性胸口膻中穴周遭。

空性一時激憤之中，原想自斷五指，終身不再用武，但張無忌卻言明，他是以少林寺本派的武功勝了空性，於少林威名無損，空性才消了先前念頭。

空性武功雖高，終究是佛門中人，性情質樸，敗在張無忌手下，不但心服口服，對張無忌顧及本派顏面則感激於心。可是其他門派中人卻未必都能有少林門人的心胸，見空性退出，卻有更多人想要削去張無忌的威風。自空性以下，尚有華山掌門鮮于通、華山高矮二名老者、崑崙掌門夫婦何太沖、班淑嫻暨門下西華子，外加峨嵋的滅絕師太等，一一出來向張無忌叫陣，最後也一一成了張無忌的手下敗將。

這番車輪戰最後在周芷若奉滅絕師太之命，茫然中刺進張無忌胸懷一劍，繼而與武當諸俠相認後暫且告一段落。張無忌雖然受重傷而下陣，但顯示的絕世武功技壓全場，桀驁不馴、互不相服的明教教眾也全數心甘情願臣服於他的仁勇之下。

光明頂一役奠定張無忌在明教的至尊地位，武當山上得張三丰之授，連折阿三、阿二、阿大，更讓他的武藝學貫正邪兩家之長，推向登峰造極的頂峰。

此事起於趙敏帶領手下掃蕩少林、武當之舉，張無忌與明教群雄先後到達武當之際。趙敏既然身負蒙古撲滅中原門派的重責大任，殲滅少林之後，下一個目標自然就是武當。趙敏面對張三丰，一開始還打算用懷柔政策，對武當誘之以利，說是如果歸順，蒙古皇帝當頒予殊封，武當派也必大受榮寵云云。一生痛恨蒙古韃子的張三丰，當然不會爲之動心，趙敏既存心踢館，一場兵戎相見也就難免。

阿三來路不明，卻於前不久，擊斃曾在光明頂以龍爪手和張無忌過招，並一度大占上風的空性和尙。張三丰對於單單應付一個阿三，倒是無所畏懼，所難應付者，擊敗阿三之後，便有阿二、阿大再來上陣。

張無忌目睹太師父被剛相偷襲的情形，知道張三丰已身受重傷，怎忍心讓這年逾百歲的老人和阿三比武？何況，就算張三丰毫髮未傷，身爲晚輩，又知道自己的能耐，也該在這時候挺身而出，爲父親一門的絕續作貢獻。

張無忌憑著自己渾厚的基礎，大膽施展了不久前從旁觀看張三丰傳授俞岱巖時學來的太極拳。張無忌雖然所學不到兩個時辰，但拜身具九陽神功和乾坤大挪移心法之賜，招招使得有如行雲流水，打得阿三左支右絀，還引得他使出二十年前累得俞岱巖因此殘廢、張翠山自刎的大力金剛指來。

眞凶既現，自然也不必跟他客氣了。張三丰見適才張無忌臨敵使招，已頗得太極三昧，只是原來武功太高，未能體會太極拳中「圓轉不斷」的意境，於是進一步授之以「用意不用力，太極圓轉，無使斷絕。當得機得勢，令對手其根自斷。一招一式，務須節節貫串，如長江大河，滔滔不絕」的訣要，而教張無忌把阿三套得跌跌撞撞，繼之再使出一招「雲手」將他手臂臂骨斷成六、七截。

料理了阿三之後，接下來便是阿二。阿二是「金剛門」的異人，天生神力，內功造詣甚至遠遠超過了當年從少林寺偷學武藝的火工頭陀。他這時蠻打硬拚，被張無忌掌力震退了一步，深深吸一口氣，雙掌劈向張無忌，又被無忌一拳打退了兩三步。阿二不服，運起勁力，周身劈劈拍拍發出響聲，一旁俞岱巖知道阿二發勁剛猛，忙叫張無忌「渡河未濟，擊其中流！」不等他運功完成，上前攻他個措手不及。張無忌吸一口氣，體內眞氣流轉，右掌揮出，順勢把對方的掌力碰了回去，兩股巨力加在一起，把個阿二像發石機射出大石般，喀喇喇直摔出去。

趙敏見張無忌連敗自己手下兩員大將，十分不服，命阿大以倚天劍和張無忌比劃。幸好，張三丰對自己新近所創的太極劍深具信心，也已看出張無忌學成太極之後有必勝阿大的把握，於是當衆一招招演試，讓張無忌領略劍招中「神在劍先、綿綿不絕」的劍意。以張無忌此時的功夫，早已盡得武學中的精髓，不一會兒，便將所見到的劍招忘得一乾二淨，臨敵時只須以意馭劍，便是無窮無盡。

原有八臂神劍之稱的丐幫長老方東白阿大，以極渾厚內力，使極鋒銳利劍，大殿上青光盪漾，劍氣瀰漫。張無忌則在方東白所使出的寒光中畫著一個又一個圓圈，似是放出一條條細絲，結成一張大網將對方的倚天劍裹了起來，逐漸向中央收緊，逼得方東白竭盡全力，孤注一擲。張無忌左手翻轉，挾住倚天劍，右手適才被削斷的半截木劍則向方東白斫落。八臂神劍從此只剩一臂，張無忌又在驚險萬分的高手環伺中再創勝績。

救助謝遜更是。他幾人回到中土後未久，謝遜被丐幫擒住，張無忌循著謝遜沿途留下的火焰記號，一路追到丐幫借用的巨宅前，雙掌推出，把兩扇大門震飛進去，連帶還摔破了兩只大魚缸。丐幫弟子見情勢不妙，迎上攔住，卻被張無忌碰碰幾聲，直摔出去。

隨後爲救周芷若，蓋世神功焉有不出手之理？宋青書和另一丐幫弟子招呼在他身上的拳掌，都被運遍全身的九陽神功盡數卸去。

他想，擒賊先擒王，大踏步便向史火龍衝去。掌棒龍頭和執法長老見勢攔截，輕輕鬆鬆就教他以乾坤大挪移心法格開。對付這個假史火龍，則用上了聖火令的武功，倒退兩步，向後一個空心觔斗，凌空落下，便騎在史火龍肩頭。

聖火令的武功難不難看，雅不雅觀，已經不是這當口應該考慮的東西，這個時候是解決事情爲優先的導向。這個世界需要和平，可是在取得和平之前，消弭戰爭最好的辦法卻是用武力解決。這聽來有點不合邏輯，說不定也有人會把它解釋成以暴制暴，但在現實上，只能說這是各種選擇下的一種工具，而在免不了刀光劍影的世界中，自然也是男主角行俠仗義的手段了。

講信重諾．不違所付

吳承恩在《西遊記》第一回中，便藉著石猴當上美猴王的故事，引用孔老夫子的話：「人而無信，不知其可也。」點出誠信的重要，原文的後半句「大車無輗，小車無軏，其何以行之哉！」更是直接說明信守諾言的重要性，《論語》中

「與朋友交，言而有信」的說法，宋代理學家程頤的「人無忠信，不可立於世」，都一再指出重信在生活上的意義。反過來說，輕諾寡信則非君子之所當爲，否則，任何事都可隨意出口，卻又無法付諸實現，那教聽的人如何判定這句話該信不該信呢？

張無忌直接受的孔門教育不多，但「信」這個字卻是他的行事基準。就以常遇春帶他到蝴蝶谷求醫一事來說吧！胡青牛一聽到張無忌是武當派張五俠之後，勃然色變，雖有常遇春在旁求情，無論說他如何得張三丰相救，無論將張翠山說成甚麼樣的英雄好漢，胡青牛還是不願意爲張無忌開這個例子。直說到張無忌的母親殷素素是殷天正的女兒，算來有一半也算是明教中人時，胡青牛稍稍動了心，但又因他要張無忌傷癒之後，投奔殷天正去，再生變數。

常遇春在張無忌尚未回答前先替他說了幾句話打底，可是胡青牛不替明教以外的人醫病，又豈是輕易破例得？一時便把話僵了。而張無忌本人的反應呢？

張無忌知道自己體內陰毒散入五臟六腑，連太師父這等深厚的功力，也是束手無策，自己能否活命，全看這位神醫肯不肯施救，但太師父臨行時曾諄諄叮囑，絕不可陷身魔教，致淪於萬劫不復的境地。雖然魔教到底壞到甚麼田地，為甚麼太師父及眾師伯叔一提起來便深痛絕惡，他實是不大了然，但他對太師父崇敬無比，深信他所言決計不錯，心道：「寧可他不肯施救，我毒發身死，也不能違背太師父的教誨。」於是朗聲說道：「胡先生，我媽媽是天鷹教的堂主，我想天鷹教也是好的。但太師父曾跟我言道，決計不可身入魔教，我既答允了他，豈可言而無信？你不肯給我治傷，那也無法。要是我貪生怕死，勉強聽從了你，那麼你治好了我，也不過讓世上多一個不信不義之徒，又有何益？」（第十一回・有女長舌利如槍）

這段爲遵守承諾不惜犧牲自己生命的插曲，令人想起台灣城隍廟裡七爺八爺的傳說，這個故事的由來，可說是將「信」字的實踐發揮到淋漓盡致的典範。

台灣城隍廟中那一高一矮的神明，矮個子黑臉的是范無救，人們一般稱他爲八爺，高個子長舌頭的是謝必安，一般稱之爲七爺。相傳兩人自幼結義，情同手足，長大後則同在衙門當差。一日午後，天氣悶熱異常，兩人正在趕往鄰縣辦事途中，突然間，烏雲密布，緊接著雷電交加，不旋久大雨便傾盆而下。兩人先是在一座小橋下避雨，但天色越來越暗，雨卻沒有停的跡象，於是由謝必安回頭取雨具，范無救則在橋下等候。

不料謝必安走後，溪水暴漲，范無救本想離開橋下，又怕謝必安回來找不到他，爲了信守約定，緊緊地抱住橋樑，最後沒頂致死。謝必安帶著雨傘趕到後，見到這種景象，痛不欲生，便在樹下自縊而亡。

這個故事看起來有點像是脫胎自李白〈長干行〉「常存抱柱信，豈上望夫台」中尾生爲了不失信誓，堅持等待，抱住橋柱而被水淹死的傳說。用現代的眼光來看，雖然兩個例子的行徑都不可取，但也表達了人們對誠守信義這種良好品德的讚美。

歷練不足・尚待磨礪

常有人把張無忌和陳家洛拿來相提並論，認爲他們同樣猶豫不決，不過那只限於感情的處理上。陳家洛除了接任紅花會總舵主由於幾位當家搬出老當家遺命而被動接受外，做其他決定大多有板有眼，當然，過度信任乾隆會因爲自己的血緣而恢復漢室江山是陳家洛的一大致命傷，但那並不妨礙他在搭救文泰來和鐵膽莊上的決斷能力。

張無忌則不同，他在感情上猶豫永遠是剪不斷理還亂，在處理大事時本與他的感性細胞無關，也不該訴諸感情，但他還是一樣的猶豫。究其實，實是和他欠缺臨場歷練，不知江湖行事和平常人家不同有關。

像是他和謝遜、周芷若要從海外回中土時，謝遜和周芷若在後頭料理了拔速台等蒙古官兵，張無忌本以爲是哪個韃子幹的好事，卻沒想到是自己義父和未婚妻子下的毒手，一時十分驚異。哪知謝遜卻說：「他們沒敢起意害人，是我殺了滅口。這些人一死，趙敏便不知咱們已回中土。從此她在明裡，咱們在暗裡，找她報仇便容易多了。」

這件事除了和他天生仁慈的心腸有關之外，也顯示了他不諳快刀斬亂麻的江湖準則。類似的例子非只一端，不涉及人命的情形也所在多有。

就拿他一行人看到趙敏手下血洗少林，在十八羅漢像身後刻的「先誅少林，再滅武當，惟我明教，武林稱王！」那移禍江東的十六字一事來說吧！爲了爭取時間，他和韋一笑展開輕功先行，趕了一陣子，耗費不少精力，張無忌便想買兩匹坐騎代步，可是韋一笑說：「教主，買賣坐騎，太耗辰光。」張無忌大概不知道蝠王說這句話是甚麼意思。可是不一會兒，迎面五、六乘馬馳來，韋一笑即縱身而起，將其中四匹馬據爲己有。可以想見的是張無忌此時定小小遲疑一番，心中還想著，如此攔路劫馬，豈非和強盜無異？但斯時斯景，他又有甚麼辦法呢？縱使韋一笑那一句「處大事者不拘小節，哪顧得這許多？」似是而非，除非他不想趕時間，否則的確也沒有其他選擇。

這件事算來還無傷大雅，有時非出於主動需要做甚麼，而只是在某種情況下被動需要做甚麼，他也不太知道如何取捨輕重緩急，若是關係到身邊親人的安危，那就十分不妙了。最糟糕的一次情況就發生在他和韋一笑趕到武當，親眼看著假少林和尚空相偷襲張三丰那一幕。

這一下變故突如其來，張三丰武功之深，雖已到了從心所欲、無不如意的最高境界，但哪能料到這位身負血仇、遠來報訊的少林高僧，竟會對自己忽施襲擊？在一瞬之間，他還道空相悲傷過度，以致心智迷糊，昏亂之中將自己當作了敵人，但隨即知道不對，小腹上所中掌力，竟是少林派外門神功「金剛般若掌」，但覺空相竭盡全身之勁，將掌力不絕的催送過來，臉白如紙，嘴角卻帶獰笑。

張無忌、俞岱巖、明月三人驀地見此變故，也都驚得呆了。俞岱巖苦在身子殘廢，不能上前相助師父一臂之力。張無忌年輕識淺，在這一剎那間還沒領會到空相竟是意欲立斃太師父於掌底。兩人只驚呼了一聲，便見張三丰左掌揮出，拍的一聲輕響，擊在空相的天靈蓋上。這一掌其軟如綿，其堅勝鐵，空相登時腦骨粉碎，如一堆濕泥般癱了下來，一聲也沒哼出，便即斃命。

俞岱巖忙道：「師父，你……」只說了一個「你」字，便即住口。只見張三丰閉目坐下，片刻之時，頭頂冒出絲絲白氣，猛地裡口一張，噴出幾口鮮血。

張無忌心下大驚，知道太師父受傷著實不輕，倘若他吐出的是紫黑瘀血，憑他深厚無比的內功，三數日即可平復，但他所吐的卻是鮮血，又是狂噴而出，那麼腑臟已受重傷。在這霎時之間，他心中遲疑難決：「是否立即表明身分，相救太師父？還是怎地？」（第廿四回．太極初傳柔克剛）

受傷的是張三丰，其他人一時還難以看出空相施予毒手究竟是不是故意，但張三丰受傷吐血卻已是呈現在眼前的事實。金庸這一次說得很清楚，張無忌年輕識淺，他沒領會到空相是否意欲立斃太師父也就罷了，在這當口居然還在想：「是否立即表明身分，相救太師父？還是怎地？」他的反應只要稍遲一步，恐就一輩子後悔莫及了。

張無忌的人生哲學

人生觀篇

親親仁民·儒俠本色

自漢武帝用董仲舒之議，罷黜百家，獨尊儒術以來，儒家思想便從此成爲中國社會的各階層信奉的價值主流，而儒家揭櫫的仁義道德、忠君愛國思想，亦爲士庶人間牢不可破的規範。其影響之深，不僅成爲朝廷廟堂的取材標準，即連向來有別於皇家規範、自成一套正義尺度的武俠綠林，也同樣奉儒家規範爲圭臬。甚至在以道家爲本宗的武當派，邋遢道士張三丰調教出的弟子，也個個明顯帶有儒俠性格，張三丰最喜愛的五弟子張翠山便是其中代表，而張翠山的遺孤張無忌雖然所受中原正統教育薰陶不多，但也多少傳承了傳諸一千五百年的脈絡。

除了倚天劍、屠龍刀之外，《武穆遺書》則貫穿了《射鵰》和《倚天》之間的傳承關係。在《射鵰》中，郭靖和黃蓉攜手同遊西湖時在飛來峰「翠微亭」，見到韓世忠手書、刻有岳飛所作「經年塵土滿征衣，特特尋芳上翠微，好山好水看不足，馬蹄催趁月明歸」的詩，一時追思。繼之碰巧傳來楊康和歐陽鋒談論岳飛與韓世忠之事，想起完顏洪烈邀集的江湖人物到臨安來可能就是要盜取《武穆遺書》，遂往阻止。雖然歐陽鋒等人因爲取得的石匣中空無一物，也沒拿到《武穆遺書》，但郭靖總之是在皇宮內苑假山假水的水簾幕下，被歐陽鋒的「蛤蟆功」打得奄奄一息。密室療傷後，黃蓉把在曲靈風家找到的一幅潑墨山水圖軸給了郭靖，圖旁題的詩便與翠微亭上所見一般無異，詩是岳武穆的詩，字仍是韓世忠的書法，至於畫中那座形勢險惡的山，自是眞正埋藏《武穆遺書》的五指山。

說來也巧，郭、黃兩人竟然一前一後爲了這部兵法各在全書中受了最重的一次傷。黃蓉因未料到裘千仞還有個孿生兄弟，是以千丈誤認爲千仞，雖有軟蝟甲護身，仍被裘千仞一雙鐵掌打得一時閉了氣息，方才有黑沼遇瑛姑，上山求見一燈大師種種事故來。

這一部關係著中原無數生靈的兵書，在《倚天》前三十九回一直隱身在人人爭奪的利劍寶刀中，肩負著漢民族中興再起的那句「號令天下，不敢不從」，則在江湖掀起一場場腥風血雨。到它與衆人見面時，全書已近尾聲。此時的張教主，夾處於趙、周二女的矛盾間。幸好，歷經幾場大陣仗，他已能分辨輕重緩急，將兒女情長暫放一邊，把《武穆遺書》的陣勢略加變化，率領明教教衆和中原各派人士，共同驅除蒙古王朝在中原九十餘載的統治。張無忌本人雖未親自登得大位，但他和明教的影響力，仍是建立明朝的朱元璋所不能忽視的。

大同思想・天下爲公

金庸筆下的男主角絕大部分是孤兒，但一般來說，他們的背景大多單純，即使搞不清自己的父親究竟是漢、滿、蒙、回、藏哪一族血緣的韋小寶，也隱含五族一家的族群融合概念，不像張無忌的父母分別來自不相見容的門派，更沒有人像他那般淒慘，在正要開始一般正常燦爛的人生時，親眼見到父母在沒有其他選擇的情況下自刎死去。

可是張無忌的本性善良，他的情操是如此可愛。他沒有因爲失恃失怙而變得憤世嫉俗，沒有因爲缺乏親情的呵護而乖張暴戾。他也恨過少林、華山、崆峒那些間接逼死父母的人，他也的確萌生過報復的念頭，可是在大部分時候，他卻是靜下心來，去釐清事情的因果，從抽絲剝繭中，希望世界多一份和平，即使面對不共戴天的父母仇，他還是祈願世間多一份安詳。

張無忌道：「我爹爹媽媽是給人逼死的。逼死我父母的，是少林派、華山派、崆峒派那些人。我後來年紀大了，事理明白得多了，卻越來越是不懂：到底是誰害死了我的爹爹媽媽？不該說是空智大師、鐵琴先生這些人；也不該說是我的外公、舅父；甚至於，也不該是你手下的那阿二、阿三、玄冥二老之類的人物。這中間陰錯陽差，有許許多多我想不明白的道理。就算那些人真是凶手，我將他們一一殺了，又有甚麼用？我爹爹媽媽總是活不轉來了。趙姑娘，我這幾天心裡只是想，倘若大家不殺人，和和氣氣、親親愛愛的都做朋友，豈不是好？我不想報仇殺人，也盼別人也不要殺人害人。」（第廿七回．百尺高塔任回翔）

他不想以暴制暴，在仁道主義者張無忌的眼裡，冤冤相報何時了？

從陰陽化生的太極拳劍

儒家影響固不可少，不過，既然讓張無忌出身以道家思想為中心的武當派，那麼在他身上著染的痕跡，自然仍以道家者為多。再者，以金庸一貫以武功暗嵌主角個性的脈絡來看，張無忌的人生觀裡受道家學說影響更是不無道理了。

現今流傳的太極拳，包括楊家、吳家、武家、孫家以及鄭家，咸認是從河南陳家溝所創的太極拳法而來。陳家原本祖居山西，後遷至河南陳家溝，家族中人代代習武，演練的是有宋一代極為普遍的「太祖長拳」，也就是《天龍八部》第十九回裡中喬峯在聚賢莊和各路英雄杯酒釋交情、和少林玄難大師決鬥時所使的那套拳法，其中陳卜曾將陰陽開合之理融入，傳之子孫。這套拳法傳至第九世的陳王廷，已有六百餘年的歷史。陳王廷原為明末崇禎戰將，朱明滅亡以後，他退隱一方，把家傳拳法更佐以呼吸吐納之道，並參考戚繼光為練兵而編寫之《拳經》，形成了內外兼修，集呼吸、意識與動作一體的功夫——太極拳。

當今世人談起太極拳，必然浮現太極陰陽圖譜。的確，太極拳在陰陽對立統一的基礎上，運用了氣動而生陽、靜而生陰的原理，創造了一套剛柔並濟、內外相合的武功套路。關於陰陽的學說，早在《周易》〈繫辭〉中已有說明，所謂「易有太極，是生兩儀，兩儀生四象，四象生八卦」幾乎已成為武俠小說／電影的讀者／觀眾耳熟能詳之常識。北宋周敦頤著《太極圖說》，創立以太極為中心的世界構成說，主張一動一靜產生陰陽而構成世界，「無極而太極。太極動而生陽，動極而靜；靜而生陰，靜極復動。一動一靜，互為其根。」亦為太極拳源起的哲學基礎。

從《書劍恩仇錄》的「庖丁解牛掌」開始，金庸便將道家中的老莊哲學融入拳法之中，到了「射鵰三部曲」，黃裳、張三丰這些歷史上的真實人物，更是成了金庸武俠世界裡開創武學奇門的大宗師。貫穿三部曲的《九陰真經》，據金老在《射鵰》中所述，乃是黃裳奉宋徽宗校刻《萬壽道藏》時悟出來的武學哲理，其後加以整理而成。至於太極拳為張三丰所創一事，早有附會，傳聞源自民國初年，金庸不過藉武當這座道場把它發揚光大罷了。

不論是《九陰眞經》、《九陽眞經》，還是「太極拳」，都是以內家的氣功理論爲基礎，再經由特定的導引修練，達到開發人體潛力、超越神形合一的功法。太極拳作爲道教傳承的發揚形式之一，繼承了道家形而上學的內涵，加上千百年來煉丹之士和武學傳人的努力，又不可避免地融合了中國古來儒、佛諸家，甚至醫學脈理的理論，使得這門功夫除了養生護身之外，還蘊涵著無比的人生哲理。

其實早在太極拳以前，張無忌在光明頂上和小昭受困石道時，從波斯來臥底的小昭便依著八卦方位尋找求生的徑路。後來和何太沖等人對陣，周芷若又在暗地相助他認識太極八卦以破解崑崙派何太沖夫婦和華山高矮二老的正反兩儀刀劍之術的情況下，把五行生剋變化的道理講得更爲詳盡。

峨嵋派掌門滅絕師太對眾弟子道：「這少年的武功十分怪異，但崑崙、華山的四人，招數上已鉗制得他縛手縛腳。中原武功博大精深，豈是西域的旁門左道所及。兩儀化四象，四象化八卦，正變八八六十四招，正奇相合，六十四再以六十四倍之，共有四千零九十六種變化。天下武功變化之繁，可說無出其右了。」

……

周芷若自言自語：「陽分太陽、少陰，陰分少陽、太陰，是為四象。太陽為乾兌，少陰為離震，少陽為巽坎，太陰為艮坤。乾南、坤北、離東、坎西、震東北、兌東南、巽西南、艮西北。自震至乾為順，自巽至坤為逆。」

……

朗聲道：「師父，正如你所教：天地定位，山澤通氣，雷風相薄，水火不相射，八卦相錯。數往者順，知來者逆。崑崙派正兩儀劍法，是自震位至乾位的順；華山派的反兩儀刀法，則是自巽位至坤位的逆。師父，是不是啊？」

……

……「師父，是啦，是啦！咱們峨嵋派的四象掌圓中有方，陰陽相成，圓於外者為陽，方於中者為陰，圓而動者為天，方而靜者為地，天地陰陽，方圓動靜，似乎比這正反兩儀之學又稍勝一籌。」（第廿二回．群雄歸心約三章）

金庸藉著周芷若指點張無忌武功，對太極中陰陽四象八卦作了簡單介紹。下面則回溯張無忌憶起分別從父親和小昭處聽來的八卦方位之學，配合現下何氏夫婦和高矮二老的步法，而有所悟。

滅絕師太素來自負本派四象掌為天下絕學，周芷若這麼説，正迎合了她自高自大的心意，微微一笑，説道：「道理是這麼説，但也要瞧應用者的功力修為。」

張無忌於八卦方位之學，小時候也曾聽父親講過，但所學甚淺，因此在秘道之中看了陽頂天的遺書後，須小昭指點，方知「無妄」位的所在。這時他聽周芷若説及四象順逆的道理，心中一凜，察看何氏夫婦和高矮二老的步法招數，果是從四象八卦中變化而出，無怪自己的乾坤大挪移心法一點施展不上。原來西域最精深的武功，遇上中土最精深的學問，相形之下，還是中土功夫的義理更深。張無忌所以暫得不敗，只不過他已將西域武功練到了最高境界，而何氏夫婦、高矮二老的中土武功所學尚淺而已。……（第廿二這一段描述正規來說，並不算和張無忌的武功路子有十分密切的相關，但不可否認的，周芷若這番提示和何太沖等四人的進合，也在他的學武乃至生命歷程上有一定程度的推展，當然更爲日後學習太極劍和太極拳奠下了基礎。

金庸熟悉道家學說，對張三丰的太極拳與太極劍有著極爲深入的詮釋，太極拳「以柔克剛」、「以弱勝強」的技擊思想，更是老子「反者道之動，弱者道之用」的印證。以此和周伯通的「空明拳」比較，可發現其中道家學說應用於武功的異曲同工之處。

張三丰所創的太極拳和太極劍，與歷來其他武學全然不同。一般的武學講究陽剛，張三丰的太極卻是以靜制動，後發制人。張無忌初時偷看，本以爲是太師父爲了使俞岱巖可以看得清楚，故意演練得特別緩慢。但看了到第七招「手揮琵琶」時，他看張三丰左掌陽、右掌陰，雙掌慢慢合攏，竟是凝重如山，卻又輕靈似羽，終於省悟了那是一套以慢打快，以靜制動的上乘武學，每一招都含著太極

式的陰陽變化，講究的是形神合一。（第廿四回．太極初傳柔克剛）

張無忌起始學太極拳原是在極匆促的情況下趕鴨子上架，斯時阿三等人隨趙敏前來挑武當山，張無忌挺身而出與阿三對招，太極拳開天闢地以來由張無忌初試啼聲，把個破了少林空性太師龍爪手的阿三轉得狼狽萬狀。

不過張無忌畢竟初學，雖已頗得其中三昧，但他原來武功太強，拳招中又盡是稜角分明，一時未能體會太極圖中圓轉不斷、陰陽變化之意。在張三丰「用意不用力，太極圓轉，無使斷絕。當得機得勢，令對手其根自斷。一招一式，務須節節貫串，如長江大河，滔滔不絕」的指點下，登時有了領悟。

張無忌一個個太極圓圈發出，加上九陽神功的剛勁，把個跌跌撞撞的阿三的四肢骨骼震碎好幾截，隨後又解決了阿二。可是除掉這兩號對手，還有一個阿大嚴陣以待，而且趙敏又交待下倚天劍，那倚天劍削鐵如泥，張無忌只要稍一不慎，手臂就再也不是自己的。

幸好，在太極拳問世的同時，張三丰還開創了太極劍。此時張無忌早已領略太極拳中的精要，因此張三丰演練劍法之時，他已經知道不必硬記招式，只須注意劍招中「神在劍先，綿綿不絕」的劍意。

太極劍中「無招勝有招」，重劍意而輕招式的精神，可說是《倚天》所有重要武功中最爲人稱道的傑作。當時，張三丰接過那柄木製假倚天劍，左手持劍，右手捏個劍訣，一招招的演將下來，張無忌不記招式，只是細看劍招中「神在劍先、綿綿不絕」之意。其中最精彩的當屬他師徒祖二人那段「忘招」的對話。

張三丰一路劍法使完……問道：「孩兒，你看清楚了沒有？」張無忌道：「看清楚了。」張三丰道：「都記得了沒有？」張無忌道：「已忘記了一小半。」張三丰道：「好，那也難為了你。你自己去想想罷。」張無忌低頭默想。過了一會，張三丰問道：「現下怎樣了？」張無忌道：「已忘記了一大半。」（第廿四回．太極初傳柔克剛）

由於張無忌看過第一遍之後「忘記一大半」，於是張三丰又使了第二遍，不料第二次所使，和第一次竟然沒有一招相同。張三丰又問：「孩兒，怎樣啦？」張無忌這回說：「還有三招沒忘記。」張三丰才點點頭，收劍歸座。

這會兒張無忌在殿上踱了兩個圈子，忽然滿臉喜色，叫道：「這我可全忘了，忘得乾乾淨淨的了。」張三丰卻道：「不壞不壞！忘得眞快，你這就請八臂神劍指教罷！」

要知張三丰傳給張無忌的乃是「劍意」，而非「劍招」，所學之人須將所見到的劍招忘得半點不剩，才能得其神髓，臨敵時以意馭劍，千變萬化，無窮無盡。倘若其中有一兩招忘得不乾淨，心有拘囿，劍法便不能純。這層意思座中高手如楊逍、殷天正等已隱約領會，周顛卻是稍遜一籌，因而空自憂急半天。

這段「無招勝有招」的教學在《倚天》裡讓讀者彷彿在不可能中看到一個前所未有的境界。與此前後輝映的，則出現在《笑傲江湖》中風清揚教導令狐沖獨孤九劍時，氣極敗壞卻又針針見血的說理。

那時令狐沖正和田伯光相鬥，風清揚剛出現，田伯光卻猜出了他是誰。風清揚看令狐沖是華山派弟子，使起劍來卻太不成氣候，忍不住就要教訓，一口氣滔滔不絕的說了「白虹貫日」、「有鳳來儀」、「金雁橫空」等三十招招式，要他將這些劍招串起來使。這些招式令狐沖都曾學過，但出劍和腳步方位，卻無論如何連不在一起。風清揚嘆道：

「唉，蠢才，蠢才！無怪你是岳不群的弟子，拘泥不化，不知變通。劍術之道，講究如行雲流水，任意所之。你使完那招『白虹貫日』，劍尖向上，難道不會順勢拖下來嗎？劍招中雖沒這等姿式，難道你不會別出心裁，隨手配合麼？」

令狐沖初初領會了「行雲流水，任意爲之」這八個字的精義，劍術一時大進，和田伯光拆了一百多招。可是田伯光突然間一聲大喝，舉刀直劈，扼住了令狐沖喉頭，令狐沖差點爲之窒息，長劍也即脫手。這時，風清揚又看不過去，罵道：「蠢才！手指便是劍。那招『金玉滿堂』，定要用劍才能使嗎？」

風清揚和令狐沖頗是投緣，初次見面，便爲他解說了用劍的精神：

風清揚指著石壁上華山派劍法的圖形，說道：「這些招數，確是本派劍法的絕招，其中泰半已經失傳，連岳……岳……嘿嘿……連你師父也不知道。只是招數雖妙，一招招的分開來使，終究能給旁人破了……」

令狐沖聽到這裡，心中一動，隱隱想到了一層劍術的至理，不由得臉現狂喜之色。風清揚道：「你明白了甚麼？說給我聽聽。」令狐沖道：「太師叔是不是說，要是各招渾成，敵人便無法可破？」

令狐沖本是個不喜受世俗規範拘束的人，遇到風清揚，又聽到風清揚這番對華山派劍法的解說，十分合於他的脾胃，直可說是醍醐灌頂。反過來說，風清揚也不啻碰到了一塊值得雕琢的璞玉，跟令狐沖講授武功，也才不會對牛彈琴。於是一個說得起勁，一個聽得有趣，繼續這一段道盡武學精髓的傳劍之談。

風清揚又道：「單以武學而論，這些魔教長老們也不能說真正已窺上乘武學之門。他們不懂得，招數是死的，發招之人卻是活的。死招數使得再妙，遇上了活招數，免不了縛手縛腳，只有任人屠戮。這個『活』字，你要牢牢記住了。學招時要活學，使招時要活使。倘若拘泥不化，便練熟了幾千萬手絕招，遇上了真正高手，終究還是給人家破得乾乾淨淨。」

令狐沖大喜，他生性飛揚跳脫，風清揚這幾句話當真說到了他心坎裡去，連稱：「是，是！須得活學活使。」

風清揚道：「五嶽劍派中各有無數蠢才，以為將師父傳下來的劍招學得精熟，自然而然便成高手，哼哼，熟讀唐詩三百首，不會作詩也會吟！熟讀了人家詩句，做幾首打油詩是可以的，但若不能自出機杼，能成大詩人麼？」他這番話，自然是連岳不群也罵在其中了，但令狐沖一來覺得這話十分有理，二來他並未直提岳不群的名字，也就沒有抗辯。

風清揚道：「活學活使，只是第一步。要做到出手無招，那才真是踏入了高手的境界。你說『各招渾成，敵人便無法可破』，這句話還只說對了一小半。不是『渾成』，而是根本無招。你的劍招使得再渾成，只要有跡可循，敵人便有隙可乘。但如你根本並無招式，敵人如何來破你的招式？」

令狐沖一顆心怦怦亂跳，手心發熱，喃喃的道：「根本無招，如何可破？根本無招，如何可破？」陡然之間，眼前出現了一個生平從所未見、連做夢也想不到的新天地。

……

風清揚向他凝視片刻，……微笑道：「沒有錯，沒有錯。你這小子心思活潑，很對我的脾胃。只是現下時候不多了，你將這華山派的三、四十招融合貫通，設想如何一氣呵成，然後全部將它忘了，忘得乾乾淨淨，一招也不可留在心中。待會便以什麼招數也沒有的華山劍法，去跟田伯光打。」（《笑傲江湖》〈第十回・傳劍〉）

這些道理，原來一般人也可懂得，尤其風清揚舉出吟詩的例子來，便更明白了。只是談到武學，距離現代人似乎太遙遠，不免添加了一些神秘色彩，若不把它套用到其他可見的事情上來，一時之間就沒能理會其中的道理。除了賦詩填詞，相對的，學習書法繪畫之人雖由臨摹學習，到最後總要自己揮灑，方能自成一格；大廚師做盡南北佳餚，起初也是照食譜依樣畫葫蘆，然而天下最好的廚師卻應別出心裁，另立巧思，才能超越古人。

此外，太極拳和太極劍中最基本的「以柔克剛」、「以弱勝強」的技擊思想，不可諱言乃來自於老子「反者道之動，弱者道之用」的學說，老子透過對大自然的觀察，透視了「天下莫柔於水，而攻堅者莫之能勝」的原理，進而悟出了「反者道之動，弱者道之用」的思想，其「致虛極，守靜篤」的修心之道，亦挹注在太極「心靜」、「神斂」的精神之中。當然，張無忌震碎了阿三四肢骨骼的大圈圈小圈圈，亦來自老子「周而不始」的觀念。

知足不辱・虛無是全

除了太極拳和太極劍之外，張無忌在先前自己照著經卷練成的兩大神功——九陽神功和乾坤大挪移，也都部分承襲了道家學說的精華。

先以名稱充滿陽剛之氣的九陽神功來說吧！張無忌被朱長齡逼進了四周陡峰

環繞的山谷之中，巧之又巧地碰上了呼翕九陽、抱一含元的《九陽眞經》。谷中歲月幽長，也不知何時才能出去。他藉著練功打發日子，存了個成固欣然，敗亦可喜的念頭，正合於道家無爲而治的思想，不求急功，進展反而奇速。可是張無忌雖然五年時間生呑活剝把九陽神功練完，卻沒有高人指點，也缺乏實地演練的機會，因此神功雖成，卻有許多地方僅是知其然而不知所以然。

金庸對這段練功的過程著墨不算太多，自張無忌從神功第一句練起，到功行圓滿爲止，總共不過花了一頁左右的篇幅，除了提到張無忌在第二卷經文中讀到一句「呼翕九陽、抱一含元，此書可名爲《九陽眞經》」外，並未對經文內容及張無忌的練功過程多作說明。且由後續發展來看，這套神功主在眞氣的調和和運用，對招式來說並無太多幫助，只是因爲有了神功作底，其他功夫一招一式發揮起來便都威力無窮。因此，若不是有高人指點，或是遇上其他機緣，九陽神功就算再玄妙，也無以顯現它的與衆不同，更遑論對一個人的行爲思想能有什麼提升了。

不過，人的思維有時不是直線進行，往往是在遇到了突如其來的狀況時，方才引發另一種觸媒，造就一番不可思議的效果。

張無忌功成之後，雖然幫助殷離打退過何太沖等人，但那充其量也只能算是內力的傳輸而已，還談不上對九陽神功圓融的妙用。直到稍後，爲求滅絕師太和明教銳金、烈火、洪水三旗罷鬥，挨了滅絕數掌，在昏天暗地之間，腦中才突然湧現《九陽眞經》中的幾句話：「他強由他強，清風拂山岡。他橫任他橫，明月照大江。」金庸寫道：

他在幽谷中誦讀這幾句經文之時，始終不明其中之理，這時猛地裡想起，以滅絕師太之強橫狠惡，自己絕非其敵，照著《九陽真經》中要義，似乎不論敵人如何強猛、如何凶惡，儘可當他是清風拂山，明月映江，雖能加於我身，卻不能有絲毫損傷。然則如何方能不損我身？經文下面說道：「他自狠來他自惡，我自一口真氣足。」他想到此處，心下豁然有悟，盤膝坐下，依照經中所示的法門調息，只覺丹田中暖烘烘地、活潑潑地，真氣流動，頃刻間便遍於四肢百骸。那九陽神功的大威力，這時方才顯現出來。他

外傷雖重，嘔血成升，但內力真氣，竟是半點也沒損耗。（第十八回・倚天長劍飛寒鋩）

這幾句話理解起來不容易，紙上談兵可能更叫人不知所云。只有碰上實際情況，電光火石之際閃過的念頭衝擊之下，身處當前情況的人才能眞正領略其中奧妙。而和九陽神功的道理相呼應，同樣利用天地運行使自身武功行雲流水的，便是那使得星移斗轉的乾坤大挪移了。

乾坤大挪移第一次在《倚天》出現，是因五散人和楊逍在言語上起了衝突，周顚一個不滿，一掌向楊逍拍落。一旁的韋一笑則擔心周顚抵受不住，接住了原欲還擊的楊逍右掌。周顚卻不罷手，第二掌擊向楊逍胸口，逼得楊逍以左掌和他相接。這一來，形成了楊逍左抵周顚、右禦韋一笑，以一敵二的場面。此時想要勸架的說不得由左側欲拉周顚，不但沒能拉開，反而被韋一笑那邊傳來的「寒綿冰掌」帶到。更令他們訝異的是，鐵冠道人和彭瑩玉雙雙搶上以後，楊逍以一敵五，非但毫不費力，且看似穩操勝算。冷謙百思不得其解，但爲了讓楊逍撤掌罷鬥，只得取出五枚爛銀小筆，分打他手足五穴。楊逍待五枚銀筆飛近，拉得周顛等四人擋在身前，結果周顛和彭瑩玉分中小筆，彭瑩玉才呼出原來楊逍使的是明教歷代相傳的「乾坤大挪移」。這套武功出現時，動用了明教光明左使、青翼蝠王演練，旁人看得匪夷所思，當局者除了會使這套功夫的楊逍以外，個個膽顫心驚。「其根本道理也不如何奧妙，只不過先求激發自身潛力，然後牽引挪移敵勁，但其中變化神奇，卻是匪夷所思。」

之後成崑來襲，他幾人雖幾度險境，但一來這幾位明教中的武學高手，對「乾坤大挪移」都是聞之已久，向來神往，因此一經提及，仍是忍不住要談上幾句；二來楊逍儘量拖延時間，只要他們之中有一人能恢復行動，至少可和成崑抵擋一陣，縱然不敵，說不定也可使事機有所變化。因此楊逍順著衆人之意，侃侃而談。楊逍說道：「『乾坤大挪移』神功的主旨，乃在顛倒一剛一柔、一陰一陽的乾坤二氣，（運功時）臉上現出青色紅色，便是體內血液沈降、眞氣變換之象。據說練至第六層時，全身都能忽紅忽青，但到第七層時，陰陽二氣轉於不知不覺之間，外形上便半點也瞧不出表徵了。」

這些現象在張無忌練功時也一一出現，不過，張無忌初練這門功夫時，身上已經因爲練就九陽神功而蘊蓄極大潛力，只是過去未得高人指點，難以發揮，這時一接觸到乾坤大挪移心法，便激發了體內的潛力，猶如山洪暴發，沛然莫之能禦。

有趣的是，這兩大加在一起，令敵人莫之能禦的神功心法，一個是「他強由他強，他橫任他橫」看似逆來順受的委曲求全之道，一個是必須不違「日盈昃，月滿虧」的天時運行，總之，都是必須順應天時地利的法則。

這門心法所以難成，所以稍一不慎便致走火入魔，全由於運勁的法門複雜巧妙無比，而練功者卻無雄渾的內力與之相副。正如要一個七、八歲的小孩去揮舞百斤重的大鐵錘，錘法越是精微奧妙，越會將他自己打得頭破血流，腦漿迸裂，但若舞錘是個大力士，那便得其所哉了。以往練這心法之人，只因內力有限，勉強修習，變成心有餘力不足。

昔日的明教各位教主都明白這其中關鍵所在，但既得身任教主，個個是堅毅不拔、不肯服輸之人，又有誰肯知難而退？大凡武學高手，都服膺「精誠所至、金石為開」的話，於是孜孜兀兀，竭力修習，殊不知人力有時而窮，一心想要「人定勝天」，結果往往飲恨而終。張無忌所以能在半日之間練成，而許多聰明才智、武學修為遠勝於他人，竭數十年苦修而不能練成者，其間的分別，便在於一則內力有餘，一則內力不足而已。（第二十回·與子共穴相扶將）

張無忌雖一口氣把前六層心法練畢，也著手第七層的進展，不過他毫不牽強，也不勉強自己做那做不來的事。

那第七層心法的奧妙之處，又比第六層深了數倍，一時之間實是難以盡解。好在他精通醫道脈理，遇到難明之處，以之和醫理一加印證，往往便即豁然貫通。練到一大半之處，猛地裡血氣翻湧，心跳加快。他定了定神，再從頭做起，仍是如此。自練第一層神功以來，從未遇上過這等情形。

他跳過了這一句，再練下去時，又順利，但數句一過，重遇阻難，自此而下，阻難迭出，直到末篇，共有一十九句未能照練。

……

哪知道張無忌事事不為已甚，適可而止，正應了「知足不辱」這一句話。原來當年創制乾坤大挪移心法的那位高人，內力雖強，卻也未到相當於九陽神功的地步，只能練到第六層而止。他所寫的第七層心法，自己已無法修練，只不過憑著聰明智慧，縱其想像，力求變化而已。張無忌所練不通的那一十九句，正是那位高人憑空想像而想錯了的，似是而非，已然誤入歧途。要是張無忌存著求全之心，非練到盡善盡美不肯罷手，那麼到最後關頭便會走火入魔，不是瘋癲痴呆，便致全身癱瘓，甚至自絕經脈而亡。（第二十回．與子共穴相扶將）

小昭未能明白其中道理，本勸張無忌休息過後再把神功練足。但張無忌不想貪多，自認無甚福澤功德受這明教神功心法，留下一十九句練之不成才是道理。

像這類把道家學說融入武功心法或要訣的例子，金庸可說掌握得十分熟練，令人意想不到而又驚豔地再開創新派武俠小說的別徑。《書劍恩仇錄》裡陳家洛由《莊子》悟出來的「庖丁解牛掌」和《笑傲江湖》的「獨孤九劍」就暫且不論，只就和《倚天》有血脈淵源的《射鵰》和《神鵰》來說，《射鵰》的郭靖賴以揚名的固然是源自北丐洪七公那一套剛猛無比的降龍十八掌，可是降龍十八掌威力大則大矣，總有氣力不足的時候。郭、黃和洪七公在明霞島上與歐陽鋒父子鬥智鬥力，最後派上用場的卻不是洪七公行走大江南北、令人聞之喪膽的「亢龍有悔」，而是依賴柔之極矣的「空明拳」。

「空明拳」那「空朦洞鬆、風通容夢、沖窮中弄、童庸弓蟲」的道理是由老頑童周伯通所創，他的武功既然來自師兄王重陽，自然也不出道家無為的哲理，以這十六字訣中的「鬆」是出拳勁道要虛，「蟲」是身子柔軟如蟲，「朦」是拳招糊裡糊塗，不可太過清楚。看似虛無飄渺，實則蘊涵道家精義。周伯通當日教郭靖空明拳時，便告訴他《道德經》中「埏埴以為器，當其無，有器之用。鑿戶牖以為室，當其無，有室之用」的意義，也就是說，一只碗之所以有盛飯的功用，只因爲它中間是空的，倘若那是一塊實心的瓷土，便甚麼也裝不了。同理，建造房屋，開設門窗，也是因爲有了四壁中間的空隙，裡頭才能住人。倘若房屋是實心的，倘若門窗並非開了空，磚頭木材四四方方的全給砌上，那就一點用處也沒有了。這道理說來很淺，日常生活中隨處可見，只是一般人很少能想到。而全眞派上乘武功要旨所在的「空、柔」二字，卻是在生活中還原宇宙中最自然不過的道理，《老子》中「大成若缺，其用不弊。大盈若沖，其用不窮」更是值得世人再三咀嚼玩味。

生死如一・莊周夢蝶

張翠山和殷素素之死，固然是張無忌人生的一大悲劇，只是在那場劫難裡，那場悲劇來得太突然，也太壯烈，除了離開冰火島時和謝遜的生離之外，不解世事的張無忌一生中從未了解死別的滋味。失去兩個最親愛的人，那驚天動地的悲愴對年僅十歲的張無忌來說，腦中必是空盪盪的，天地旋轉得讓他除了想要回爸爸媽媽，不會再有其他想法。

可是經過幾年的調養，死去的父母已不可能復生，他也從太師父、師叔伯和其他人的互動中漸漸知道了世間事，加上自己遭受的病痛折磨，於是到了蝴蝶谷待了兩年之後，他的心境相對於四年前便有了極大的轉變。

話說胡青牛夫婦為躲避金花婆婆而詐死時，張無忌瞧著那兩個假墓，心裡突然湧現《莊子》的三句話來：

生死修短，豈能強求？予惡乎知悅生之非惑邪？予惡乎知惡死之非弱喪而不知歸者邪？予惡乎知死者不悔其始之蘄生乎？

這三句話是從《莊子．內篇》〈齊物論〉截引而出，原文前後並舉有例子。

予惡乎知說生之非惑邪？予惡乎知惡死之非弱喪而不知歸者邪？麗之姬，艾封人之子也。晉國之始得之也，涕泣沾襟；及其至於王所，與王同筐床，食芻豢，而後悔其泣也。予惡乎知死者不悔其始之蘄生乎？夢飲酒者，旦而哭泣；夢哭泣者，旦而田獵。方其夢也，不知其夢也。夢之中又占其夢焉，覺而後知其夢也。且有大覺而後知此其大夢也，而愚者自以為覺，竊竊然知之。

意思是說，我怎能知道貪生便不是迷惑呢？我怎能知道怕死不是像幼年流落在外而不懂得回到故鄉那樣呢？麗姬本是艾地守封疆人的女兒，當晉國國王剛迎娶她的時候，她哭得眼淚沾濕衣襟，等她到了晉王的宮裡，和晉王在舒適的床上，吃著美味的牛羊羹，這才懊悔當初不該哭泣。我又怎麼能知道死了的人不懊悔當初不該求生呢？有人夢見飲酒作樂，早晨起來後卻碰到倒楣的事哭泣起來；夢見傷心痛哭的，早晨起床說不定有一場打獵的快樂。人在夢中並不知道自己在作夢，夢中還在占夢，醒了之後才知道是作夢，而且有大覺之後才知道一輩子是大夢一場。可是有些愚癡的人，自以爲是醒著的，卻好像甚麼都知道呢！

在〈齊物論〉前一篇的〈逍遙遊〉裡，莊子先是提出了人類生存應以追求一個逍遙自適的生活境界為最高理想，凡夫俗子汲汲營營的那些功名利祿，則是逍遙無為的障礙，所以說：「聖人無名，神人無功，至人無己。」在莊子的觀察中，宇宙運行的原理無所限制，因此人類在社會規範的觀念上也毋須有太多無謂的堅持，如此才能不為外境左右，也才可以達到心靈上的怡然自適。因此在隨後的〈齊物論〉中，莊子便繼續闡釋認識自然運行原則的方法，並且對於人們抱殘守缺式的堅持，提出了許多批評。至於要如何才能從原先片面的思維中超脫出來，則有賴不凡的智慧和覺醒。莊子否定了社會上一般人自以為是的絕對性，他所要告知世人的，是建立一個對自然運行法則超越性的論點，那就是所謂的「道」，也就是一個自然、逍遙、適意、巧妙、無目的的造化安排，而只要人們善於體會這個「道」，並且對於「道」深刻理解，才是人間智慧的極致。

在莊子的宇宙觀中，一切自然現象都是相對的，有白天必有黑夜，有開始必有終了，人世的生死也和日夜的循環一樣。所以生不足以喜，死亦不足以悲。莊子妻子去世，惠施前來弔唁，卻見莊子鼓盆而歌，大概是最足以顯示莊子生死達觀的例證了。他認為人生在世不過是一場大夢。

到了〈齊物論〉的最後，莊子便用了一則很有名的寓言：莊周夢蝶，來爲全篇作註腳。

昔者莊周夢為蝴蝶，栩栩然蝴蝶也，自喻適志與！不知周也。俄然覺，則蘧蘧然周也。不知周之夢為蝴蝶與，蝴蝶之夢為周與？周與蝴蝶，則必有分矣！此之謂物化。

從前莊周夢見自己變成了蝴蝶，那眞是飄飄然的感覺自己眞是像一隻蝴蝶般。自覺得很高興的飛舞，就根本不曉得有莊周，直到忽然夢醒了，又實實在在感到自己就是莊周。不知是莊周夢做蝴蝶呢？還是蝴蝶夢做莊周呢？莊周和蝶，必定是有分別的了，有分別就是互異了。然而我們現在自己覺得是人，誰又知道大覺後是不是變成蝴蝶呢？而不管是人也好，是蝴蝶也罷，我，就還是一個我，永恆不變。既是如此，那麼夢也好，覺也好，生也好，死也好，便都可以一樣等量齊觀了。據金庸道：

張無忌年紀幼小，本來不懂得這些生命的大道理，但他這四年來日日都處於生死之交的邊界，自不免體會到莊子這些話的涵義。他本來不相信莊子的話，但既然活在世上的日子已屈指可數，自是盼望人死後會別有奇境，會懊惱活著時竭力求生的可笑。（第十三回．不悔仲子踰我牆）

除非像釋迦牟尼佛這樣的先知，否則人總是在落魄悲涼的時候才能體會人生哲理，才能超越，才能體悟聖人的大道理。例如王陽明、蘇東坡，甚至音樂家、作家，都是在潦倒的時候才能有最好的作品。在順境時通常沈迷一時的歡愉，酒色財氣，何等逍遙，誰會想從俗世的快樂中出來？社會上也常見得絕症或家庭破碎的小孩比一般同齡稚子來得早熟，幼年孤苦的張無忌也曾屬其中之一，但在他練成九陽神功、驅除體內寒毒之後，當上了教主，雖然他已不算是所名利受騙之人，但每天夠他忙碌的生活，加上周、趙二女的明爭暗奪，搞得他很少再想到這些事。

他長大以後第一次想到人生的禍福吉凶，是小昭帶著他進秘道尋找成崑，在石室中尋得了乾坤大挪移心法、陽頂天夫婦的遺骸，和陽頂天留下的秘道全圖，可是原來唯一的脫困道路，卻被成崑用大石塞住，一時無法出去的時候。

兩人轉眼就要喪命，小姑娘眼淚說著就掉了下來，過了一會兒，也不知爲何又破涕爲笑。小昭一時說要唱了小曲叫張無忌聽，她歌聲嬌柔婉轉，可是箇中詞意卻又訴盡滄桑：先是一句「世情推物理，人生貴適意，想人間造物搬興廢。吉藏凶，凶藏吉。」

張無忌聽到「吉藏凶，凶藏吉」這六字，心想我一生遭際，果真如此，又聽她歌聲嬌柔清亮，圓轉自如，滿腹煩憂登時大減。又聽她繼續唱道：

「富貴哪能長富貴？日盈昃，月滿虧蝕。地下東南，天高西北，天高尚無完體。」

……

「展放愁眉，休爭閒氣。今日容顏，老於昨日。古往今來，盡須如此，管他賢的愚的，貧的和富的。」

「到頭這一身，難逃那一日。受用了一朝，一朝便宜。百歲光陰，七十者稀。急急流年，滔滔逝水。」（第廿回．與子共穴相扶將）

歌詞中看破世情和小昭如花年華頗爲不稱，張無忌雖也年紀輕輕，十年來卻是艱苦備嚐。而且他多了十年失卻父母和自身病痛的磨難，對生死有著較同齡一般人深一層的切膚之痛。而今困處山腹，生還眼見無望，咀嚼曲中「到頭這一身，難逃那一日」兩句，也不禁魂爲之消。曲中所謂「那一日」，自是生死命喪的那一日。他以前面臨生死關頭，已不知凡幾，但從前或生或死，可是他張無忌一個人的事，都不牽累別人，這一次不但拉了一個可人而無辜的小昭陪葬，而且明教的存毀，以致小友不悔和其父楊逍諸人的安危，甚至義父謝遜和成崑之間的仇恨，都還待他出去後一一化解，這時的他已經有了牽掛，實在不想就此便死。

這時的張無忌，對於個人的生死仍是坦蕩蕩，牽絆他的，也不是什麼世間的名利富貴，兒女私情此時也尚未形成對他的困擾。只是在他身上，現在有了這麼多事情等著他去解決，他在這個世界上不再能只是一個人來，一個人去。聽著小昭口中唱著那幾句道盡世間無常的曲子，想起自己這十幾年來的遭遇，他不禁有些感傷，有些茫然，有些感觸，也有些矛盾。但這些感傷並沒有成為他最後的思緒，待練成乾坤大挪移，出了石洞之後，外面的事情忙得他幾乎喘不過氣來，也很少有時間再去傷逝那些潮起潮落。直到殷離在小島上被周芷若重傷昏沈之際，又哼起：「到頭這一身，難逃那一日。受用了一朝，一朝便宜。百歲光陰，七十者稀。急急流年，滔滔逝水。」和另一曲：「來如流水兮逝如風；不知何處來兮何所終！」才又勾起他若干回憶。

各人想到生死無常，一人飄飄入世，實如江河流水，不知來自何處，不論你如何英雄豪傑，到頭來終於不免一死，飄飄出世，又如清風之不知吹向何處。

謝遜慘遭劇變之後，世間所有是非善惡、生死無常、恩怨情仇，他可說全數嚐盡，以獅王的悟性和智慧，對人生來去的體會自也比一般人更要深刻。張無忌幼年失去雙親，過去十年中自己生命屢受寒毒之苦，不諳人心的坎坷經歷，更是一再讓他的身心飽受摧殘。也會唱這曲的小昭所受的壓力也不小，小小年紀離鄉背井，身上背負著與母親生死有關的本教大秘密，好不容易和一個心無城府的中原新教主有了愛慕之情，卻又因爲自己的身分和使命無法多作他想。此時的周芷若正計畫開始執行師父臨終前的遺命，她也處在門派正義和對心上人私人情感的兩極矛盾中。趙敏的情況稍好一點，可是向來呼風喚雨、衣食無虞如她，再怎麼也想不到有朝一日竟然要和幾個布衣荊釵的中原女子相爭一個感情游移不定的男人。

人生不但無常，它，就是如此無奈嗎？

正者正乎？邪者邪乎？

莊子生在戰國時代百家爭鳴的紛紛擾攘中，雖然各家都提出了或對社會、或對歷史、或對時局的看法，但往往只是以偏概全的片面之說。那些議論，雖或能解釋一部分現象，終究不足成爲涵蓋古往今來全貌的理論。智慧非凡的莊子當然不贊成那些一偏之見的社會議論，但是他以其超然的智慧，站在一個制高點瓦解了那些人自以爲是的絕對性。

武林中人的聚衆結派，雖然和諸子百家的議論不同，但是各門各派也都會執取某些教條，奉爲自己門派的圭臬。如果這個教條是當時社會的主流，立意也在行善，倒還不至於爲害社會。可問題是，如果有人將某些教條極度擴充解釋，便成了偏執乖張的成見。歷史上多少打著正義之師旗幟的戰爭，多少自以爲負有崇高使命的聖戰，除了滿足野心家的慾望之外，卻又使得多少人的性命財產在血流成河的悲劇中成爲犧牲品？

一般讀者論起《倚天》，多著重在張無忌個人性格分析和男女感情上。說到正、邪問題，亦不若對《笑傲江湖》的左冷禪和岳不群討論之多。其實金庸在《倚天》中，也一再透過張無忌的角色，在武林中「正」、「邪」的定見中，再三辯證。這其中，以滅絕師太爲首及其峨嵋門下的幾個弟子，加上華山、崆峒弟子的表現，和明教人士的言行，便成爲反諷的對照。

首先，蛛兒和張無忌被峨嵋弟子由雪橇拉往光明頂途中，遇上華山、崆峒、崑崙與明教銳金、烈火、洪水三旗教衆廝殺的場面。滅絕師太和一干弟子見此情勢，直想加入戰場搏一死鬥。尤其滅絕恨不得立時大開殺戒，將心中的魔教人衆殺個片甲不留，在她的長劍揮動之下，瞬息間便有多少明教教衆屍橫當場，且她劍法淩厲，幾乎沒有一個人能在她手下走得了三劍，即使銳金旗掌旗使莊錚已算是內外功俱臻上乘的高手，勉強抵禦數招之後，也被削下半個頭顱。她恨極了魔教，不斷揮劍狂殺。倚天劍劍鋒到處，劍折刀損，肢殘頭飛。眼前的局面，幾乎是個大屠殺的修羅場。

其實大乘佛教對於戒律的重視並不拘泥在形式上，而在於是否眞正覺悟。所謂戒，實則包括戒體、戒相、戒行、戒法，每一條戒都具足這四面意思，每條戒也都有「開、遮、持、犯」的情況。在什麼狀況下才叫做「開戒」而不是「破戒」？什麼狀況之下戒子持戒，是不能開戒的？何謂持？何謂犯？都應清清楚楚、明明白白，如此守持戒律才能夠在日常生活中應用自如、方便自在。佛教主張處事要安分隨緣，就是說處事要因時制宜，因地制宜，根據種種主觀或客觀的條件去作出抉擇和行動。以不殺生戒爲例，它是以慈愛衆生爲基礎，要求佛教徒對衆生不因貪心去濫殺，不因嗔心去仇殺，不因痴心去殘殺，總而言之不應因貪嗔痴等妄心起而動殺機。

滅絕師太爲佛門子弟，當然首重戒殺。如果是有意去犯，或是不重視戒律而犯，那是破戒；可是如果是爲了更重要的任務，不得已而破壞了戒相，那是開戒。雖然外人從表面上看來沒有多少區別，但實際上兩者所受的果報並不相同。這也是滅絕師太和其他武俠小說人物在殺人前，總要聲稱他們是「大開殺戒」的原因。

問題在於，晚她一個輩分、未曾眞正出家作道士的殷梨亭尙且覺得勝之不武，殺了幾名敵人之後，便呼籲對方棄械投降，何以滅絕一個出家多年的女尼，未能稍息她的暴戾之氣？而不見容於當時武林正道的明教教衆，眞的如此該殺，又眞該以如此殘忍的方式對待嗎？更可怕的是，她殺了一批人之後，又想挫挫明教的銳氣，曾一度要對方出聲求饒，看看是否有人臣服於她的威嚇之下。可惜，這種方式對於那些個個極爲硬氣的明教弟子絲毫發揮不了功效，於是，她再下狠招，砍下幾個明教弟子的手臂。而一向唯滅絕馬首是瞻的靜玄當然也不放過師法此技的機會，直斬到自己手軟。

這一切都看在張無忌的眼裡。對於胸中沒有成見，卻一心希望世間能有是非公道的年輕人來說，的確是一件令人忍無可忍的事情。於是——

張無忌再也忍耐不住，從雪橇中一躍而起，攔在靜玄身前，叫道：「且住！」靜玄一怔，退了一步。張無忌大聲道：「這般殘忍凶狠，妳不慚愧麼？」

眾人突然見到一個衣衫襤褸不堪的少年挺身而出，都是一怔，待得聽到他質問靜玄的這兩句話理正詞嚴，便是名派的名宿高手，也不禁為他的氣勢所懾。

靜玄一聲長笑，說道：「邪魔歪道，人人得而誅之，有甚麼殘忍不殘忍的？」張無忌道：「這些人個個輕生重義，慷慨求死，實是鐵錚錚的英雄好漢，怎麼說是邪魔外道？」靜玄道：「他們魔教徒眾難道還不是邪魔外道？那個青翼蝠王吸血殺人，害死我師妹師弟，乃是你親眼目睹，這不是妖邪，甚麼才是妖邪？」

張無忌道：「那青翼蝠王只殺二人，你們所殺之人已多了十倍。他用牙齒殺人，尊師用倚天劍殺人，一般的殺，有何善惡之分？」

靜玄大怒，喝道：「好小子，你竟敢將我師父與妖邪相提並論？」……

（第十八回．倚天長劍飛寒鋩）

依張無忌的個性他自然不是刻意去操弄正邪的善惡弔詭之人，也不可能將一個頗負盛名的武林前輩和邪魔妖孽畫上等號。可是在他對善惡公正分別的天平上，畢竟沒有加上自己被世俗雜染的成見砝碼，只是一個號稱名門正派的宗師之尊，理應慈眉善目的女尼，其所行所為竟與殺人魔王無異，此時，他心中早已拋下世俗給予名門正派的正義之冠，取而代之的，則是更合於天道的絕對善惡之理。

這一切的發生，都早在他登上明教教主的大位之前，當然不會是因為戀棧明教權位之尊而和峨嵋唱反調，更何況，張無忌本不是那樣的人，而在他違反初衷當了教主之後，致力的仍是武林間的和平，更不忘先父源出武當的榮耀。

張無忌為了追蹤被韋一笑擄去的殷離，被說不得套進乾坤一氣袋。張無忌在袋中本來十分擔心韋一笑寒毒發作，會吸乾殷離的血，卻聽周顛說韋一笑因爲殷離是白眉鷹王殷天正的孫女，而眼前明教有難，正當同心合力，不可吸她的血。接下來，五散人又談及六大派圍攻和明教存亡之事。明教自前任教主陽頂天逝世以來，四分五裂，五散人也因此和楊逍有了嫌隙，但此時彭和尚卻主張以大局爲重，力陳助守光明頂，並非了楊逍，而是爲明教。說不得、鐵冠道人和冷謙也都同意彭和尚，以爲私怨事小，護教事大。周顛初時雖然難以忘卻與楊逍的舊恨，和不再過問明教事務的誓言，可是就在和周顛一言不和而挨了一巴掌後，反而激起他幾人之間的兄弟眞情，至於楊逍的事，當然就放他一邊去了。

韋一笑等人的情況如此，而被中原門派視同妖魔敗類的明教又是怎麼回事呢？

那日在光明頂上，明教差點被六大派剿滅殆盡，當時明教和天鷹教衆以爲大數已盡，衆教徒盤膝而坐，跟著楊逍唸誦明教的經文：

「焚我殘軀，熊熊聖火，生亦何歡，死亦何苦？為善除惡，惟光明故，喜

樂憂愁，皆歸塵土。憐我世人，憂患實多，憐我世人，憂患實多！」（第廿回・與子共穴相扶將）

當時俞蓮舟想：「……他們不念自己身死，卻在憐憫衆人多憂多患，那實在是大仁大勇的胸襟啊。當年創設明教之人，眞是個了不起的人物。只可惜傳到後世，反而變成了爲非作歹的淵藪。」

古今中外許多假借宗教作亂的野心團體固然也不乏以冠冕堂皇的辭藻鼓動人心，實際上卻遂少數人的私心欲望者，但在《倚天》中的明教，除了教衆偶爾行爲不合於一般人的常軌之外，他們的大目標，尤其是對民族社會的向心和良知，的確不容置疑。

至於謝遜，明教金毛獅王的頭銜和無數無辜生命的血債，讓他在出現伊始，便是以一個殺人魔王的角色，備受書中所謂正義之士指責。然而，在他和張翠山爲正邪之分作辯論時，一句：「爲何要作正義之士？我看見的是好人受苦。」不但道盡他遭受命運捉弄的悲涼，也點出許多在人生路上屢遇不公的疑惑。「善有善報，惡有惡報」的因果觀雖然在中國傳統裡是一個安定社會的力量，可是這個觀念既籠統又模糊，除了若干對自己的宗教信仰教義深信不移的教徒以外，報應的實現卻往往不是種瓜得瓜、種豆得豆的必然，一生默默行善的人可能終身鬱鬱，偷矇拐騙、巧取豪奪者卻大富大貴也不稀奇。這等違背公平正義原則的例子的確令許多人迷惘。除非是來世的審判能得到應有的期待，否則好心有好報的道德勸說也很難得到絕對驗證，有時甚至會讓人覺得只是一時的撫慰。飽讀詩書的謝遜因此經不起命運的捉弄發出吶喊，張翠山力陳仁義面對謝遜的反詰也只得詞窮。

處在先天和後天雙重矛盾擠壓之中，張無忌的迷惘不是沒有，但可貴的是他並不偏於一方，而是儘可能在紛亂的是非之間，設法抽絲剝繭，求取公道——雖然，他仍把太師父的話放在心中，當作一個永恆的指標。

朱元璋也不推辭，說道：「今後咱們同生同死，有福同享，有難同當。」眾人一齊拿起酒碗喝乾了，拔刀砍桌，豪氣干雲。

楊不悔瞧著眾人，不懂他們說些甚麼，暗自害怕。張無忌卻想：「太師父一再叮囑，叫我絕不可和魔教中人結交。可是常遇春大哥和這位徐大哥都是魔教中人，比之簡捷、薛公遠這些名門正派的弟子，為人卻好上萬倍了。」他對張三丰向來敬服之極，然從自身的經歷而言，卻覺太師父對魔教中人不免心存偏見。雖然如此，仍想太師父的言語不可違拗。（第十四回．當道時見中山狼）

張無忌對正邪之分不似當時一般武林人士按既定的成見來切割，可以說是先天的，也可以說是後天的。說先天的，是因爲他的出生血統，承襲了代表正派的張翠山的師承——武當，也有著殷素素無法洗清的魔教原罪。張三丰又自不同，張三丰的豁達原是先天的，這位武當一派的開山祖師當然不會是泛泛之輩，他曾對張翠山說：「翠山，爲人第一不可胸襟太窄，千萬別自居名門正派，把旁人都瞧得小了。這正邪兩字，原本難分，正派弟子若是心術不正，便是邪徒，邪派中人倘若一心向善，那便是正人君子。」也說過天鷹教主殷天正「雖然性子偏激，行事乖僻，卻是個光明磊落之人，很可交交這個朋友」。可是張三丰畢竟是血肉之軀，張翠山自刎而亡，對他打擊甚大，心傷愛徒之死，對天鷹教也不由得痛恨，於是三弟子俞岱巖終身殘廢，五弟子張翠山身死名裂，都算在天鷹教的頭上，對這「邪魔」二字，也有著難以言喻的恨。

不過到了得知張無忌當上明教教主，居然統率群豪，發號施令，看他能管束明教、天鷹教這些大魔頭，引得他們走上正途，則是了不起的大事。張三丰此刻雖視明教爲邪魔，但則又回到二十年前張翠山向他報告娶殷素素爲妻時的態度一般，「只要媳婦兒人品不錯，也就是了，便算她人品不好，到得咱們山上，難道不能潛移默化於她麼？」相信以「正」的力量，終究能化「邪魔」於無形。這或許也可部分解釋其後之於趙敏的接納吧！

關於正邪的反諷，一般讀者對《笑傲江湖》的討論顯然更多。以曲會友的劉正風懶得囿於世俗之見，以嵩山派的弟子而和魔教長老曲洋結成了莫逆。然而當時的現實亦逼得他金盆洗手。可悲的是他自願退隱江湖，卻仍得不到原諒，一曲《笑傲江湖》竟然堆積那麼多的肅殺。在他心目中，曲洋不僅僅是一個和他共譜

「笑傲江湖曲」的知音，甚至是個「性情高潔，大有光風霽月的襟懷」之人。曲洋掘開了二十九座晉代以前的墳墓，目的不在金銀珠寶，而是為了不讓「廣陵散從此絕矣」，他一方面破壞古人的遺產，一方面卻是想找出另有價值的遺產，是邪是正，難有定論。如果曲洋此舉是小說家言，那麼不妨想想近人張大千，鑿開敦煌壁畫，究竟應該為其鑿去永不復返的壁畫定罪，還是為他臨摹而得以留傳千古的部分載功？至少在金庸筆下，曲洋談吐儒雅，氣度不凡，卻是一個不可否認的形象。他至少不是個濫殺無辜的人，比起和劉正風系出同源卻殘殺他一家老小的嵩山故舊，正邪之分，似乎一時逆轉。

近代史上以自我中心出發，藉優劣之名行魔殺之實，最慘絕人寰的例子莫過於二次大戰時希特勒屠殺猶太人的悲劇了。只因在希特勒的心中，認為猶太人是劣等生物，所以有計畫的屠殺了六百萬猶太人，他的民族優越感過度膨脹，不僅造成種族歧視，更造成血腥的殺戮。但這喪失理性的殘殺，至今使得納粹的圖騰仍是猶太人永世無法磨滅的歷史創傷，亦是德國人難以揮去的恥辱，更是今世文明世界的禁忌。因此若有領導者自以為天縱聖明，過度膨脹自我的價值，不免做出危害其他族群的行徑，而若追隨者不夠理性客觀，陷入領導者自我正確的迷思而不自知時，社會的混亂和危險幾乎是可以預見的。

摩尼明教・源出波斯

由於一部《倚天屠龍記》，使得「明教」二字重新從中國歷史中走了出來。「明教」不是金庸自創的門派，也不是稗官野史無中生有的怪力亂神，而是實實在在曾存在於這個世界上，也曾走入中國，在歷史上占了一個小小的角落。

那麼「明教」究竟是如何一個宗？一個教？以下就從歷史的角度簡述明教的淵源與傳布，揭開它在讀者心目中的神秘面紗。

「明教」是唐朝以後在中國才有的稱呼，它的前身摩尼教是公元三世紀時由波斯人摩尼所創。他自稱於十二歲和二十四歲那年兩度受到神的啓示，徵召他爲光明使者，而和原來的穆格塔拉西教派分離。摩尼自認爲是繼釋迦牟尼佛和耶穌之後的光明使者，和穆格塔拉西教派決裂後，四處奔走，宣揚他的理念，也就是說，世界的形成和人世的誕生，都是由光明和黑暗兩股勢力交互推演而成。

至於摩尼教傳入中國的時間，一般以武后延載元年爲摩尼教通華的紀年，但也有學者主張可以往前推到晉代。由於摩尼教在傳布的過程中以佛教的外表來僞裝自己，不但以彌勒佛來指涉摩尼，而且以大量的佛教用語和概念來傳達摩尼教的教義，甚至模仿佛經的寫作形式，引起正統佛教僧尼的不滿。唐玄宗開元年間，因整頓佛教，禁止異端，連帶使得摩尼教也受到波及。但是這次禁止信奉的對象僅限於漢人，而旅居中國的胡人並未受此限制，因此，他們仍可等待時機，東山再起。

然而天寶之後，官方即不准他們再在內地傳教。到了唐武宗會昌年間，更進一步查禁摩尼寺院，沒收摩尼教的經典、圖像，以及莊院、錢財等。自此，在中國流傳的摩尼教，已與中亞的教團失去組織上的聯繫。一方面演化爲秘密宗教，二方面則加速它漢化的進程，以便其在民間的傳播。爲了順應形勢，摩尼教在中國改名「明教」，許多文獻上都可以找到摩尼教徒稱呼自己的宗教爲「明教」的證據。

北宋初年，明教信徒曾經希望利用官方修訂道藏的機會，將明教的經典彙編納入，這可以說是朝向合法化傳布的一個大好時機，可是宣和二年發生的方臘叛亂，卻又使得他們遭到官方的取締，而失去機會。

對於歷史事件的描述，官方版本和民間流傳不乏不盡相同的例子，有時甚至會有很大的差異。以「方臘事件」來說，有宋一朝對它的定位是「叛亂」，可是從明教的角度來講，顯然又是另一樁公案。說不得在光明頂上為張無忌略釋明教的來龍去脈，說它的教義是在「行善去惡，衆生平等，若有金銀財物，須當救濟貧衆，不茹葷酒，崇拜明尊」。這一段陳述和摩尼當年創教的意旨相去不遠，可是方臘一事，在說不得口中說來，卻是「只因歷朝貪官污吏欺壓我教，教中兄弟不忿，往往起事，自北宋方臘教主以來，已算不清有多少次了。」其後的是非，說不得還有更詳盡的敘述，他說道：「是啊！到了南宋建炎年間，有王宗石教主在信州起事，紹興年間有余五婆教主在衢州起事，理宗紹定年間有張三槍教主在江西、廣東一帶起事。只因本教素來和朝廷官府作對，朝廷便說我們是『魔教』，嚴加禁止。我們為了活命，行事不免隱密詭怪，以避官府的耳目。正大門派和本教積怨成仇，更是勢成水火。當然，本教教衆之中，也不免偶有不自檢點、爲非作歹之徒，仗著武功了得，濫殺無辜者有之，姦淫擄掠者有之，於是本教聲譽便如江河日下了……」

不過，福建地區的明教徒還是利用朝廷搜訪道書的機會，將明教經典攙入其中。其後在徽宗政和年間，黃裳（也就是《射鵰英雄傳》中著有《九陰眞經》的那位黃裳）負責編印《萬壽道藏》時，又將浙江地區的明教徒進獻的摩尼經典編入。只是金兵入侵後曾對道藏有相當破壞，摩尼經典亦可能在此災難中因而毀損，是以現存的《正統道藏》和《續道藏》便無明教經典的蹤跡了。

如果從這些淵源來看，張無忌直接受到明教思想的影響可以說是微乎其微的，只有在面臨正邪善惡矛盾之分的時候，他才不免拿中原正派和明教弟兄的惡行作比較，其間加入說不得等人對明教在中土的源流介紹。但與其說是明教的規則進入了張無忌的觀念，倒不如說是張無忌自成一體的人生觀給了正邪之分更正確的解讀。

斷惑破執・般若金剛

我國宗教界以往一般將「漢明感夢求法說」作爲佛教傳入中國的開始。這種說法最早見於《四十二章經・序》，經云：

昔漢孝明皇帝，夜夢見神人，身體有金色，項有日光，飛在殿前。意中欣然，甚悅之。明日問群臣：「此為何神也？」有通人傅毅曰：「臣聞天竺有得道者，號曰『佛』，輕舉能飛，殆將其神也！」於是上悟，即遣使者張騫、羽林中郎將秦景、博士弟子王遵等十二人，至大月支國寫取佛經《四十二章》，在十四石函中。登起立塔寺。於是道法流布，處處修立佛寺。

佛教自東漢明帝年間（西元六十年）傳入中國，從適應到成長，約歷經了五、六百年的時間，方才轉化成中國佛教。自佛教傳入中土以來，便與中土的儒道思想有著一方面相互吸收，一方面彼此競爭的局面。佛教初傳之期又可以略分爲兩個階段，先是依附黃老之學階段，再後則爲攀緣玄學。然在發展上，其主流仍是走向儒釋道三教合一的局面。整體而言，如若有人從儒、道的立場將佛教視爲異端，那麼佛教爲了適應本身在中土的生存，便須設法與儒道思想融合。隨著批判層面的提高，佛教的融通力也就在這種壓力下不斷地被要求增強。比方說，本來小乘佛教是以生死解脫之出世法爲主要關懷，但是這與中國傳統上入世齊家治國平天下的思想不合，也不容易爲大衆接受，於是大乘佛教關心世間的精神便接受儒家的忠孝倫理，也從此發展出中國佛教的另一個面貌，雖然終極關懷的層次各異，但不可否認的，它也隨著儒道一般，在中國漸漸深植人心，形成士庶生活中的一部分。

《倚天》末了謝遜在三株老松下所唸誦的《金剛經》在中國流傳甚廣，亦爲佛教般若系中簡明而非常重要的一部經典，佛教徒中喜愛此經者不計其數。

金剛經的譯本很多，就今日所能見到的，約有六種。第一種譯本，名《金剛般若波羅蜜經》，是姚秦三藏法師鳩摩羅什譯。其他幾種譯本，分別是元魏菩提流支譯的《金剛般若波羅蜜經》、陳眞帝譯的《金剛般若波羅蜜經》、是隋笈多譯的《金剛能斷般若波羅蜜經》、是唐義淨譯的《佛說能斷金剛般若波羅蜜多經》，以及，是唐玄奘大師譯的《能斷金剛般若波羅蜜多經》。其中羅什大師譯本，流通非常普遍，由於羅什大師的譯本用字優美，詞句通順，許多寺院道場、精舍都以此爲本，佛教徒平日亦多持誦。且昭明太子將其分爲三十二份，段落分明，更便於講解，其餘譯本則未見分段。

中國歷代文人之喜讀此經，可從古代文人集冊中隨處發現。自鳩摩羅什譯出此經以來，文人之曾讀此經者，實在不勝枚舉。從南北朝開始，像是謝靈運、昭明太子蕭統，至唐宋明清以降，如白居易、李善、張九齡、王安石、朱熹、李屏山、耶律楚材、宋濂、李卓吾、袁宏道、彭際清、楊文會等人，著作中皆可見其載有與此經有關的文字。

《金剛經》三字國人耳熟能詳，但就全稱《金剛般若波羅蜜經》的譯名，「般若」原是照梵語音譯而來，直譯作爲「智慧」，但這種智慧的意義並不同於世人一般理解，既非先天的智力之謂，亦非待人處事之道，其智慧也，特殊而甚深、其大無可限量，可說是一種「超越的智慧」。「波羅蜜」則為「波羅蜜多」的簡化，在梵語中就是「到彼岸」的意思。金剛者，金剛鑽，也就是一般所說的鑽石。佛用鑽石比喻這部經典，首先，因為它很硬，鑽石是普天之下最堅硬的東西，用它來切割其他物質，可說無往而不利，也就譬喻著此經可以破一切執著迷妄；第二，它的質地又很純，明亮而不帶雜質，也就是說金剛經的內容思想非常純淨而正確。鑽石既是如此堅硬而又那麼明亮的東西，用來比喻金剛經就表示它的明澈又不朽壞了。

前述「般若」、「波羅蜜」等語以梵音直譯的道理有必要在此順道說明一下。古師大德在翻譯佛經的時候，有幾種情況是不把原文意譯的，即所謂「五不翻」，第一為秘密之故不翻，例如經中諸陀羅尼（咒語），是佛的秘密語，微妙深隱，不可思議，故不以意譯。第二多種涵義不翻，例如「薄伽梵」一詞，兼有自在、熾盛、端嚴、名稱、吉祥、尊貴等六種意思，難以任擇其一而譯。第三是此方所無之故不翻，如「閻浮提」，是產於印度等地的樹，為中國所無，故保留原音。第四順古之故不翻，例如「阿耨多羅三藐三菩提」，直譯為無上正等正覺，然自東漢以降，歷代譯經家都以音譯，故此保留前人規式。第五爲存尊重不翻，例如此處般若，一概不譯爲智慧，釋迦牟尼、菩提薩埵也不譯爲能仁、道心衆生等，古德認爲此乃因音譯更能令人生尊重之念，若直譯卻不透徹了解反易招致等閒。這些原則直到唐代玄奘翻譯佛經時加以確立。

《倚天》中提及佛教的地方不多，除了前述關於滅絕師太的行爲的部分外，眞正和佛教內容有關的，大約就是末了謝遜誦唸這一段。而且唸誦之人是謝遜，並非原來的主人翁張無忌。

> 他三笑方罷，猛聽得三株蒼松間的地牢中傳出誦經之聲，正是義父謝遜的聲音。只聽他蒼老的聲音緩緩誦唸《金剛經》：「爾時須菩提聞說是經，深解義趣，涕淚悲泣，而白佛言：『希有世尊，佛說如是甚深經典。我從昔來所得慧眼，未曾得聞如是之經。世尊，若復有人得聞是經，信心清淨，即生實相……』」
>
> 張無忌邊門邊聽，自謝遜的誦經聲一起，少林三僧長鞭上的威力也即收

斂，只聽謝遜繼續唸誦：『世尊，我今得聞如是經典，信解受持，不足為難。若當來世，後五百歲，其有眾生得聞是經，信解受持，是人即為第一希有。何以故？此人無我相、無人相、無眾生相、無壽者相……』

張無忌聽到此處，心中思潮起伏，知道義父自被囚於峰頂地牢，每日裡聽少林三高僧誦經，上次明明可以脫身，卻自知孽重罪深，堅決不肯離去，難道他聽了數月佛經之後，終於大徹大悟麼？那經中言道：「若當來世，後五百歲，其有眾生得聞是經，信解受持。」在義父此刻心中，這五百年後之人指的便是他張無忌了。只是經義深微，他於激鬥之際，也不能深思。他自然更加不知經中的須菩提，是在天竺舍衛國聽釋迦牟尼說《金剛經》的長老，是以於謝遜所誦的經文，也只一知半解而已。

只聽謝遜又唸經道：「佛告須菩提：『如是，如是！若復有人得聞是經，不驚，不怖，不畏，當知是人甚為希有……如我昔為歌利王割截身體，我於爾時，無我相、無人相、無眾生相、無壽者相。何以故？我於往昔節節支解時，若有我相、人相、眾生相、壽者相，應生嗔恨……菩薩須離一切相。』」

這一段經文的文義卻甚是明白，那顯然是說，世間一切全是空幻，對於我自己的身體、性命，心中完全不存牽念，即使別人將我身體割截，節節支解，只因我根本不當是自己的身體，自然絕無惱恨之意。「義父身居地牢而處之泰然，難道他真到了不驚、不怖、不畏的境界了麼？」心念又是一動：「義父是否叫我不必為他煩惱，不必出力救他脫險？」原來謝遜這數月來被囚地牢，日夕聽松間三僧唸誦《金剛經》，於經義頗有所悟，這時猛聽得張無忌笑聲詭怪，似是心魔大盛，漸入危境，當即唸起《金剛經》來，盼他脫卻心中魔頭的牽絆。（第卅八回．君子可欺之以方）

這段故事的本生事跡，在《大涅槃經》裡面有最詳細的述說。其中所提到的惡王歌利王，就是釋迦牟尼佛成道後第一批度化的五位尊者中，憍陳如的前世。在故事發展的時間序上，釋迦牟尼其時尚未成佛，還在菩薩果位，在他修忍辱行的時候，卻遇到這麼一樁事情。當時歌利國王帶著他的隨從去打獵，後來人走散掉了，幾個宮女走著走著就見到釋迦牟尼前身的菩薩在山洞中打坐入定。菩薩見到她們來了，心中歡喜，便讓她們大家坐在旁邊，爲其說法。國王起初找不到宮女，找到時發現一個修行人爲她們說法，心裡非常不高興，就問他（釋迦牟尼佛）：「你修的什麼？」菩薩說：「我修忍辱。」歌利王想：好，你說要忍辱，那我就來試試看，看你怎麼忍，能不能忍。隨著就用刀把菩薩的肉一片一片割下來，凌遲肢解，試驗菩薩的忍辱功夫。當時菩薩確確實實沒有一句怨言，隨他割裂。到最後，菩薩發了一個願，將來成佛，不但不恨此人，待成佛後，第一個還要度他。千萬億劫以後，釋迦牟尼佛在娑婆世界成佛，第一個得度的憍陳如尊者，就是歌利王的後身。

而佛陀十大弟子中解空第一的須菩提尊者聽釋迦牟尼佛說到這裡，已經深深的解悟到其中所含攝的般若智慧，他慶幸自己能夠深深的解悟到佛經的義理和旨趣，感動得流淚悲泣。

《金剛經》講的是空，那麼爲什麼又提到「實相」呢？「實相」講的原來是「實相般若」，也就是般若智慧，本來無生無滅，本來具有，只因衆生被無明煩惱所蓋覆，以致無法顯現。假使一旦信心清淨，對般若妙法便會有相應作用，「實相」也就隨之顯發出來。由於須菩提生在佛陀在世的時代，能夠因我是親自聽佛金口說法，如此用功修行來說，不算很難，當時也很容易就可以從中得到修行利益。可是法運到了末法時代最後的五百年，如果還能有善根的眾生能得聞《金剛經》，那就十分不易了。而如果對此經深信不疑，而且信心清淨，對此深奧的經典也能有甚深的解悟，又能受持《金剛經》的義理，這樣的人，只怕是非常希有。一旦信心清淨，四相（我相、人相、眾生相、壽者相）都空了，也就沒有這四相的執著了。一般人聽到「空」就害怕，以爲聽聞佛法，實地修行會讓人一無所有。但具有善根智慧的人知道《金剛經》上所說的「我空」、「法空」、「空空」的道理，既不起驚駭，也不感到畏懼，對經上的道理，完全相信，完全接受，那眞是亙古以來稀有難得的呀！

可惜對佛教這部經中之王的理解，並未由主角張無忌完成，而是由角色充滿爭議的金毛獅王謝遜來實現。謝遜一生大起大落，文武全才，深情而又狂妄。他和張翠山辯論人獸之異、是非之分、蒙漢之別，甚至學武之人是否行俠仗義、鋤強扶弱時，曾說得張翠山這位亦堪稱允文允武，經由正統途徑調教出來的儒俠啞口無言。可是一時的偏激，卻不妨礙謝遜對事理的理解，他曾經憤世嫉俗，乃是由於自身的過去遭遇使然。一旦受到因緣啓發，能澈能悟的潛能亦高於常人，他之能夠看得破，放得下，就遠非仍受情執牽纏的張無忌所能比擬的了。

蒙漢之別・涇渭分明

除了這些形而上的思想之外，張無忌還面臨了一個與血源國族有關的矛盾，那就是當時上自王族公卿，下至庶民百姓都不得不受影響的蒙漢之別。

張無忌之所以必須在這個課題上深思熟慮，和他在正邪之分上的難題上有某種程度的相似性，都是感情因素使然。只不過一個是因爲生母的血統帶來，一個則是他後天戀愛的對象之故，而前者勉強可說是人爲硬性畫分，後者則在國族主義的大纛下，造成幾世紀以來人類更大的習題。

中國幅員遼闊，與外國接壤的國界也相當長，自古以來受外族入侵困擾不斷。戰國秦築長城，即爲建立北方屏障；強大如漢武帝時期，亦屢與匈奴作戰。北方異族則不斷南下，以各種面貌出現。至《天龍八部》中北宋時的契丹及《射鵰英雄傳》南宋末年時的大金，皆對南朝構成極大威脅。

然而千百年來的外患，不論以和以戰，中原王朝仍能維持一尊，直到成吉思汗的崛起，方完完全全打破這個局面。至其孫忽必烈稱帝，開創了中國歷史上第一個非漢族統治的王朝。歷史上由非漢族統治的朝代有二，一爲元，一即爲清。然而清廷雖亦鞏固其氏族權力，漢化程度卻極深，最終滿漢之分泯於無形。可是蒙古統治短短九十年間，蒙漢卻是涇渭分明，政策規劃，對蒙漢之分更是強烈。

元政府在許多中央機構、行省以下的大部分地方行政機構和官軍機構均設立「達魯花赤」，也就是所在地方、軍隊和官衙的最大監治長官，這些職務通常由蒙古人或色目人擔任，以此保障蒙古貴族對全國行政軍事系統實行嚴密監控和最後裁決的權力。路、府、州除蒙古人擔任達魯花赤，又以漢人爲總管、知府（或府尹）、知州（或州尹），以色目人爲同知，使他們互相牽制，以利於民族防範和階級統治。

忽必烈建立元朝之後，不再信任漢族官員，而是寵幸阿合馬等色目官員，國政開始敗壞。從攻南宋以來，連年戰爭，加以官廷稟祿，宗藩歲賜，都需要巨額經費來支持。忽必烈急於解決國用不足問題，因而日益信用以「理財助國」爲名邀寵的大臣，如阿合馬、盧世榮、桑哥等人主持國政。尙書省的理財政策主要包括：增加稅收、興鐵冶、鑄農器官賣、「括勘」（追徵各地積欠的錢糧）、變更鈔法等，圖使國庫收入增加。但由於當時吏治已開始腐敗，官員專注搜刮，以致流於橫徵暴斂，反成阻礙社會經濟發展的重要原因之一。同時，爲了對外戰爭，打造東征海船，沿海及江南地區徭役徵發亦日益加重，人民不堪沈重的剝削與壓迫，紛紛起義，忽必烈主政二十年，江南各族人民起義便多達二百餘起，二十六年時更增至四百餘起。

蒙古王朝版圖遼闊，更大於漢唐盛世。境內民族又極爲複雜，除大漠南北爲蒙古族游牧之地外；東北地區有契丹、女眞、高麗等族雜居；西北地區有畏兀、唐兀；而西南則有吐蕃、白人、羅羅等，林林總總，不勝枚舉。幾次西征更帶返數目龐大之中亞、西亞、南俄及東歐各族人士。論種族，其中有突厥、波斯、大食、斡羅思乃至歐洲人；論宗教，有佛教、耶教、回回等教信徒各在其中；論職業階級，則有貴族、官吏、將士、僧侶、商賈紛呈。不同民族、宗教、職業的人士東來以後，與蒙古、漢族共棲於中原大地之上。因此，元朝民族之繁多，文化差異對照之強烈，在中國史上可說無出其右者。

公元十三世紀初，蒙古人口原本不足百萬，移居中原的人數更不超過三、四十萬。這樣的人口數目與居住在中原的六千萬人漢族相比，懸殊極大，元朝入主中原的統治眞可說是名副其實的「少數統治」。尤其蒙、漢兩族的文化之性質先天上就不相同，水平上亦有軒輊。蒙古歷來幾爲游牧型態社會，農耕經驗較爲缺乏，建國前後始創文字，蒙古人中識字者不多，馬上揮戈瀟灑自如，治國行政卻非其所長。

而漢族社會文化自夏朝以來已有數千年的歷史，以農業爲主體的社會也兼有商業型式，國家、社會的發展係以士大夫爲主導。兩者之間差距之大，較諸前朝有宋之與金朝女眞及其後清代時滿人與漢族的鴻溝甚有過之。先天條件限制下，蒙古人在面對衆勢民族，尤其是漢族的統治上，確實有著極爲嚴峻的問題。

爲了對漢族採取高壓統治，元代訂定了各種制度保障蒙古人的優勢地位，可是這一來，卻又加深了各族群間所受的差別待遇。關於各族間由制度硬性規定的區別，主要表現於以下幾方面：

第一、政治方面：

甲、中央集權：沿襲宋朝之制度。中央設中書省、樞密院、御史台，分別掌行政、軍事、官吏的監察。

乙、民族分化：分爲蒙古人、色目人、漢人、南人四等。無論在科舉、仕途，還是司法方面，均有極不公平的等級之分。科舉分兩榜，蒙古人及色目人爲右榜；漢人與南人爲左榜，兩榜取錄標準難易不同。刑罰輕重，亦因罪犯所屬族群之不同而有極大區別，不論殺人、鬥毆、竊盜皆然。

丙、監視地方：全國分置十個行省，省下設四級，各級均設有由蒙古人或色目人擔任的鎮守官，掌管地方軍隊，以控制地方。

以上重要官職任命，均由蒙古人享有優先權，此外再依色目、漢人、南人分等級次序。中央和行省各重要機構亦由蒙古人擔任首長，色目人中僅個別親信可以充任。各級地方官署長官（達魯花赤）皆由蒙古、色目人擔任。總之任官不公平之程度遠大於清朝「滿缺」、「漢缺」的區別。

第二、社會方面：

甲、鄙視儒生：當時社會在職業方面分爲官、吏、僧、道、醫、工、匠、娼、儒及丐十個等級，中國傳統上極受敬重的讀書人竟被置於僅高於第十等的乞丐的境地，對儒士的貶抑可說到了極致，其輕視漢文化的情形也可見一斑。

乙、日常生活：立里甲制，以二十家爲一「甲」，蒙古人爲甲主，監視漢人及南人。並禁止田獵、習武、集會和夜行等。

第三、軍事方面：

甲、爲防止漢族反抗，除軍人外，元廷對漢人、南人擁有武器嚴行禁止，蒙古、色目人則不在此限。

乙、用蒙古軍及探馬赤軍戍守要衝之地；嚴禁漢人、南人參與中央掌軍的樞密院；禁止漢人、南人充任中央宿衛。

錢穆先生在《中國歷代政治得失》一書中指出，清朝之於中國的統治除了沿襲明代的制度外，更加上了他們「部族的私心」，「不論蒙古也好，滿州也好。他們都想拿一個部族來控制政府，掌握政權。」這種部族私心，總是伴隨著高壓統治，最後激起民憤，民變無可避免地發生。《倚天》裡提到的韓山童、陳友諒，以及歷史上爲人熟知的劉福通、張士誠、方國珍、徐壽輝、明玉珍、郭子興等，都是顯著的例子。張無忌生逢當世，兼之以太師父爲首的武當和其後率領的明教，也都是眼見蒙古人欺凌漢人而伺機反抗元朝統治的團體，除了先天的血統之外，他對當時的社會狀況也知之甚詳，想要自外於蒙漢的紛爭之中，恐怕也只能在元朝滅亡後，拋開趙敏曾經是前朝貴族的衣帽，尋一處人跡罕至的桃花源，過他的太平日子了。

張無忌的人生哲學

評語

屠龍英雄·尚缺蛻變

論武功，張無忌真可說是「武功蓋世」。在因緣際會之下，不但練成了九陽神功，旋不久又學會乾坤大挪移心法，在〈太極初傳柔克剛〉前，那替張三丰療傷運功的內力，已是泊泊然、綿綿然，無止無歇、無窮無盡，當世除了張三丰之外，幾乎已無第二人有此功力，再從張三丰處學得太極拳、太極劍的奧秘，錦上添花，又加一樁。可是郭靖在同樣年紀的時候，雖然有江南七怪的武功做底子，加上馬鈺指點的全真教內功，洪七公的降龍十八掌和周伯通的空明拳，《九陰真經》初窺堂奧，但終究未卓然有成。其時除了王重陽在全書開場前已謝世之外，當年華山論劍的幾位前輩洪七公、黃藥師、一燈大師、歐陽鋒，甚至來不及練成鐵掌的裘千仞和對名利不在乎的周伯通都在世，和這幾位前輩相比，郭靖的武功實在難以列於頂峰。楊過在《神鵰俠侶》中的情況比郭靖年輕時稍好，他比郭靖更能契入《九陰真經》，在大鵰指點下練成獨孤九劍，和小龍女分開之時，又自創了黯然銷魂掌，除了機緣巧合，天資聰穎也是他學武得以進步神速，又能自成一格的重大因素。但和郭靖的情況又有些許類同的是，前述武功爐火純青的前輩高人繼續在《神鵰》中出現，楊過的光芒終究要到成爲神鵰大俠以後才成爲眞正的大英雄。

三人同是率領群雄抵禦蒙古的英雄，前二者被稱爲俠之大者，但張無忌的俠義卻似乎很少在這方面和前人並列。郭靖幼時十分愚魯，雖天生講信重義，但畢竟欠缺一份宏觀。少年楊過原本偏執狂傲，與小龍女之愛也曾使他局限在自私的兩人情愛之中。然而不論是郭靖或楊過，兩人都經過一番不凡的蛻變，而且這兩位英雄一前一後成爲大俠，絕不只是因爲武俠世界中以蓋世武功奪得衆人敬重，而是因爲他二人心目中掛懷的是千千萬萬的黎民百姓。「爲國爲民，俠之大者」絕不是腐儒之見，即使是非湯武、薄周孔，邪氣十足的黃藥師都要說：「忠孝乃大節所在，並非禮法！」

《射鵰》從第一回〈風雪驚變〉曲三說書開始，「小桃無主自開花，煙草茫茫帶晚鴉。幾處敗垣圍故井，向來一一是人家。」便揭開了一個英雄在國仇家恨下成長的序曲。丘處機爲書中主人翁取名時，更是明指讓郭靖、楊康不忘靖康之恥，二帝被擄之辱。郭靖的授業恩師江南七怪都是市井之徒，但他們最重視的是和丘處機的比試約定，在郭靖的成長過程中雖或給予了郭靖基本的教忠教孝觀念，見識卻不足以教導他成爲爲國爲民的英雄。郭靖從凡夫蛻變爲英雄，主要是認識黃蓉以後，由黃蓉口中講述古聖先賢，心生孺慕開始。

黃蓉雖有博冠古今的父親供予她最豐富的經典藝能，但她雜而不精，加上黃藥師本主要崇尚晉人遺風，小黃蓉對家國之思也不怎麼在意。她只不過和郭靖遊西湖的時候，隨意講起范蠡的故事，怎知郭靖卻聽得悠然神往。

> 黃蓉的衣襟頭髮在風中微微擺動，笑道：「從前范大夫載西施泛於五湖，真是聰明，老死在這裡，豈不強於做那勞什子的官麼？」郭靖不知范大夫的典故，道：「蓉兒，妳講這故事給我聽。」黃蓉於是將范蠡怎麼助越王勾踐報仇復國、怎樣功成身退而與西施歸隱於太湖的故事說了，又述說伍子胥與文種卻如何分別為吳王、越王所殺。

郭靖聽得發了呆，出了一會神，説道：「范蠡當然聰明，但像伍子胥與文種那樣，到死還是為國盡忠，那是更加不易了。」黃蓉微笑：「不錯，這叫做『國有道，不變塞焉，強者矯；國無道，至死不變，強者矯』。」郭靖問道：「這兩句話是甚麼意思？」黃蓉道：「國家政局清明，你做了大官，但不變從前的操守；國家朝政腐敗，你寧可殺身成仁，也不肯虧了氣節，這才是響噹噹的好男兒大丈夫。」郭靖連連點頭，道：「蓉兒，妳怎想得出這麼好的道理出來？」（《射鵰英雄傳》〈第十三回．五湖廢人〉）

此後郭靖一方面展開他的江湖之行，分別從洪七公、周伯通處學得絕世武功，一方面又為了大宋，和自己的結義兄弟楊康幾成讎敵。這一路經過與歐陽克比試求婚，與洪七公、黃蓉在明霞島和歐陽鋒父子惡鬥，為阻止完顏洪烈派人盜取《武穆遺書》身受重傷，揭穿楊康賣國求榮眞相，黃蓉受傷求見一燈大師，歐陽鋒與楊康聯手殘殺江南五怪，西征花剌子模等重大事故，郭靖武功越練越高，生活歷練越來越豐富，可是他對人生的眞諦，尤其練武的意義卻是越來越迷惘。

眞到在途中巧遇丘處機，長春眞人一席精闢入理的開導，才稍稍令得如大病初癒、槁木死灰的郭靖不那般頹廢。

郭靖當下將這幾日來所想的是非難明、武學害人種種疑端說了，最後嘆道：「弟子立志終生不再與人爭鬥。恨不得將所學武功盡數忘卻，只是積習難返，適才一個不慎，又將人摔得頭破血流。」

丘處機搖頭道：「靖兒，你這就想得不對了。數十年前，武林秘笈《九陰真經》出世，江湖上豪傑不知有多少人為此而招致殺身之禍，後來華山論劍，我師重陽真人獨魁群雄，奪得《真經》。他老人家本擬將之毀去，但後來說道：『水能載舟，亦能覆舟，是福是禍，端在人之為用。』終於將這部經書保全了下來。天下的文才武略、堅兵利器，無一不能造福於人，亦無不能為禍於世。你只要一心為善，武功越強越好，何必將之忘卻？」

郭靖沈吟片刻，道：「道長之言雖然不錯，但想當今之世，江湖好漢都稱東邪、西毒、南帝、北丐四人武功最強。弟子仔細想來，武功要練到這四位前輩一般，固是千難萬難，但即令如此，於人於己又有甚麼好處？」

丘處機呆了一呆，說道：「黃藥師行為乖僻，雖然出自憤世嫉俗，心中實有難言之痛，但自行其是，從來不為旁人著想，我所不取。歐陽鋒作惡多端，那是不必說了。段皇爺慈和寬厚，若是君臨一方，原可造福百姓，可是他為了一己小小恩怨，就此遁世隱居，亦算不得是大仁大勇之人。只有洪七公洪幫主行俠仗義，扶危濟困，我對他才佩服得五體投地。華山二次論劍之期轉瞬即至，即令有人在武功上勝過洪幫主，可是天下豪傑之士，必奉洪幫主為當今武林中的第一人。」（《射鵰英雄傳》〈第卅九回・是非善惡〉）

可是丘處機這番話顯然還不足以讓心灰意冷的郭靖一時半刻就重行振作。直到丘處機以周伯通將原本學得的《九陰眞經》全數忘卻誘之，教郭靖與他同上了華山，適聽得洪七公對執迷不悟的裘千仞一番喝斥，才算同時給了郭靖當頭棒喝。

洪七公又道：「裘千仞，你鐵掌幫上代幫主上官劍南何等英雄，一生盡忠報國，死而後已。你師父又何嘗不是一條鐵錚錚的好漢子？你接你師父當了幫主，卻去與金人勾結，通敵賣國，死了有何面目去見上官幫主和你師父？你上得華山來，妄想爭那武功天下第一的榮號，莫說你武功未必能獨魁群雄，縱然是當世無敵，天下英雄能服你這賣國奸徒麼？」

這番話只把裘千仞聽得如癡如呆，數十年來往事，一一湧向心頭，想起師父素日的教誨，後來自己接任鐵掌幫幫主，師父在病榻上傳授幫規遺訓，諄諄告誡該當如何愛國為民，哪知自己年歲漸長，武功漸強，越來越與本幫當日忠義報國、殺敵禦侮的宗旨相違。陷溺漸深，幫眾流雜日濫，忠義之輩潔身引去，奸惡之徒蠭聚群集，竟把大好的一個鐵掌幫變成了藏垢納污、為非作歹的盜窟邪藪。一抬頭，只見明月在天，低下頭來，見洪七公一對眸子凜然生威的盯住自己，猛然間天良發現，但覺一生行事，無一而非傷天害理，不禁全身冷汗如雨，嘆道：「洪幫主，你教訓得是。」轉過身來，湧身便往崖下躍去。（《射鵰英雄傳》〈第卅九回．是非善惡〉）

這些不但教裘千仞氣爲之奪，這些日來困擾著郭靖的陣陣疑慮，也由此片言而解。他隨成吉思汗西征之後，因眼見殺戮慘劇，生民之苦，母親之死，更是與此脫離不了干係，一時裡對刀兵之事大是憎惡。但經由七公斥罵裘千仞的言語，他終於了解何以爲善，何以爲惡，從此更堅定了俠義之心，甚至連原本懶於理會天下事的黃蓉也在郭靖影響之下，隨這位大俠與大宋同生共死。

黃蓉道：「蒙古兵不來便罷，若是來了，咱們殺得一個是一個，當真危急之際，咱們還有小紅馬可賴。天下事原也憂不得這許多。」郭靖正色道：「蓉兒，這話就不是了。咱們既學了《武穆遺書》中的兵法，又豈能不受岳武穆『盡忠報國』四字之教？咱倆雖人微力薄，卻也要盡心竭力，為國禦侮。縱然捐軀沙場，也不枉了父母師長教養一場。」黃蓉嘆道：「我原知難免有此一日。罷罷罷，你活我也活，你死我也死就是！」（《射鵰英雄傳》〈第四十回．華山論劍〉）

到了最末，經由郭靖和成吉思汗這位歷史上縱橫歐亞的大英雄臨終前的對話，點出了全書對英雄的詮釋，也道出金庸「爲草莽英雄作春秋」（陳墨，《賞析金庸》語）的主旨。

成吉思汗勒馬四顧，忽道：「靖兒，我所建大國，歷代莫可與比。自國土中心達於諸方極邊之地，東南西北皆有一年行程。你說古今英雄，有誰及得上我？」郭靖沈吟片刻，說道：「大汗武功之盛，古來無人能及。只是大汗一人威風赫赫，天下卻不知積了多少白骨，流了多少孤兒寡婦之淚。」成吉思汗雙眉豎起，舉起馬鞭就要往郭靖頭頂劈將下去，但見他凜然不懼的望著自己，馬鞭揚在半空卻不落下，喝道：「你說甚麼？」

郭靖……昂然說道：「大汗，……我只想問你一句：人死之後，葬在地，占得多少土地？」……

郭靖又道：「自來英雄而為當世欽仰、後人追慕，必是為民造福、愛護百姓之人。以我之見，殺得人多卻未必算是英雄。」成吉思汗道：「難道我一生就沒做過甚麼好事?」郭靖道:「好事自然是有,而且也很大,只是你南征西伐,積屍如山,那功罪是非,可就難說得很了。」……

成吉思汗一生自負,此際被他這麼一頓數說,竟然難以辯駁,回首前塵,勒馬回顧,不禁茫然若失,過了半晌,哇的一聲,一大口鮮血噴在地下。

……

成吉思汗淡淡一笑,……朗聲道:「我一生縱橫天下,滅國無數,依你說竟算不得英雄?嘿,真是孩子話!」……(《射鵰英雄傳》〈第四十回・華山論劍〉)

《射鵰》的英雄神曲到這裡其實並沒有結束,到了《神鵰俠侶》承襲《射鵰》抗金護宋的基調,而在《射鵰》故事發生之前早已羽化的王重陽,雖然多次經由全眞七子和周伯通口中述說他如何俠義,但讀者所知,也不過是他不爲一己之私奪得武功天下第一名號,以免《九陰眞經》落入歐陽鋒之手的來龍去脈,關於王重陽的出身及出家做了黃冠的緣由，卻是到了《神鵰》方才藉由丘處機向郭靖說明。

郭靖一怔，答道：「重陽祖師是你師父，是全真教的開山祖師，當年華山論劍，功夫天下第一。」丘處機道：「那不錯，他少年時呢？」郭靖搖頭道：「我不知道。」丘處機道：「『矯矯英雄姿，乘時或割據。』我恩師不是生來就做道士的。他少年時先學文，再練武，是一位縱橫江湖的英雄好漢，只因憤恨金兵入侵，毀我田廬，殺我百姓，曾大舉義旗，與金兵對敵，占城奪地，在中原建下了轟轟烈烈的一番事業，後來終以金兵勢盛，先師連戰連敗，將士傷亡殆盡，這才憤而出家。那時他自稱『活死人』，接連幾年，住在本山的一個古墓之中，不肯出墓門一步，意思是雖生猶死，不願與金賊共居於青天之下，所謂不共戴天，就是這個意思了。」郭靖道：「原來如此。」

（《神鵰俠侶》〈第四回．全真門下〉）

至此，《射鵰》與《神鵰》塑造英雄的基調完全串起，郭靖蛻變之後，繼續他協助鎮守襄陽的重責大任，言行並重的俠義風範也終於感動了原先偏激的楊過，讓楊過在他之後，除了在江湖上揚名立萬，也成爲爲庶民百姓景仰的一代大俠。其中關鍵，正是郭靖和他同陷敵營時那一段「爲國爲民，俠之大者」的鏗鏘之聲。

郭靖又道：「我輩練功學武，所為何事？行俠仗義、濟人困厄固然乃是本分，但這只是俠之小者。江湖上所以尊稱我一聲『郭大俠』，實因敬我為國為民、奮不顧身的助守襄陽。然我才力有限，不能為民解困，實在愧當『大俠』兩字。你聰明智慧過我十倍，將來成就定然遠勝於我，這是不消說的。只盼你心頭牢牢記著『為國為民，俠之大者』這八個字，日後名揚天下，成為受萬民敬仰的真正大俠。」

……

（楊過）想到此處，極是得意，忽聽得隔鄰一個孩子大聲啼哭起來，接著有母親撫慰之聲，孩子漸漸止啼入睡。楊過心頭一震，猛地記起日前在大路上所見，一名蒙古武士用長矛挑破嬰兒肚皮，高舉半空為戲，那嬰兒尚未死絕，兀自慘叫，心想：「我此刻刺殺郭靖，原是舉手之事。但他一死，襄陽難守，這城中成千成萬嬰兒，豈非盡被蒙古兵卒殘殺為樂？我為了報一己之仇，卻害了無數百姓性命，豈非大大不該？」（《神鵰俠侶》〈第二十回・俠之大者〉）

相對來說，楊康雖然和郭靖一樣生長在異國，但不同的是，郭靖居住大漠的時候，蒙古尚未和大宋爲敵，但在楊康的例子裡，就國仇言，他生長所在的金國造成北宋的滅亡，從家恨說，養父是殺死生父後霸占生母的金國太子。因此即使完顏洪烈在後天給予楊康再多的愛，他父子感情再好，楊康再怎麼感念完顏洪烈的養育之恩，都要被掛上一個認賊作父的罪名。

楊過出生前，父親早已不在人間，母親穆念慈也在他十一歲那年染病身亡。他從小即孤苦無依，獨自在嘉興一帶村郊破窯生活，對於父親的死又一直耿耿於懷。小小年紀就必須爲自己謀求生存，所以狡猾刁鑽，精靈古怪，對人也十分不信任，即使郭靖、黃蓉收養他，他不但不懷感激之心，且因對父親的死無法釋然，反對郭靖夫婦深具敵意。直到小龍女和孫婆婆收留並傳授武功以後，才開始感受到感情的溫暖。楊過雖與小龍女之情至死彌堅，但他二人對於禮法人際，一個不知，一個不理，沈浸在兩人世界的美景裡，外界的風風雨雨都與他無關，甚至曾經試圖利用郭靖對他的信任，勾結忽必烈，以取郭靖的首級。所幸在最後關頭沒讓他有出手的機會，也才沒鑄成大錯。

如果郭靖在襄陽城的俠骨義行的表現感動了他，那麼他在古墓裡和小龍女同讀王重陽給林朝英的書信更是教他明白祖師前輩犧牲小我、完成大我的轉捩點。《神鵰》第七回述及斷龍石時約略提到王重陽因專心起義抗金大事，無暇顧及兒女私情而與林朝英有情無緣的一段柔情高義。楊過對王重陽本來殊無好感，執意和小龍女在重陽祖師的座前拜堂成親，結爲夫婦，說是可以替林朝英出一口惡氣。但事實上他自修習古墓上遺刻起始，越練越是欽佩，到後來已是十分崇敬，甚至隱隱以王重陽的傳人自居。

全眞教中老一輩的均知王重陽和林朝英互有情愫，也知道師父爲了宋室江山慧劍斬情絲，但箇中詳情，他們也無從知曉，直到楊過和小龍女拜完堂回到古墓，無意中見到王重陽當日寫給林朝英的信札，才又深入了解王重陽爲國爲族的付出。

楊過拿起第一封信，抽出一看，唸道：「英妹如見：前日我師與韃子於惡波岡交鋒，中伏小敗，折兵四百……」一路讀下去，均是義軍和金兵交戰的軍情。他連讀幾封，信中說的都是兵鼓金革之事，沒一句涉及兒女私情。

楊過嘆道：「這位重陽祖師固然是男兒漢大丈夫，一心只以軍國為重，但寡情如此，無怪令祖師婆婆心冷了。」小龍女道：「不！祖師婆婆收到這些信時是很歡喜的。」楊過奇道：「妳怎知道？」小龍女道：「我自然不知，只是將心比心來推測罷啦。你瞧每一封信中所述軍情都是十分的艱難緊急，但重陽祖師在如此困厄之中，仍不忘給祖師婆婆寫信，你說是不是心中對她念念不忘？」楊過點頭道：「不錯，果真如此。」當下又拿起一封。

那信中所述，更是危急，王重陽所率義軍因寡不敵眾，連遭挫敗，似乎再也難以支撐，信末詢問林朝英的傷勢，雖只寥寥數語，卻是關切殊殷。楊過道：「嗯，當年祖師婆婆也受過傷，後來自然好了。妳的傷勢慢慢將養，便算須得將養一年半載，終究也會痊可。」（《神鵰俠侶》〈第廿八回．洞房花燭〉）

這一段描述雖然由楊過為求替小龍女療傷而起，當中也包含他二人感嘆祖師們有情人不能成為眷屬的遺憾，而自己又何其有幸的甜蜜，但金庸在楊、龍的洞房花燭之際安排二人遙想祖師在亂世中的兒女情懷，可說別有深意。此後楊過狂戾之氣大減，和小龍女絕情谷一別十六年中，他漫遊四方，成為神鵰大俠，靠的不是他那張迷倒無數少女的英俊面孔，而是行俠仗義的事蹟。這些故事，大多在第〈三十三回．風陵夜話〉裡，由面貌模糊的第三者道來。到了〈三十六回．獻禮祝壽〉更藉由小郭襄十六歲之名，發揮殲敵兩千、火燒敵糧、力保襄陽的壯舉。最後在千軍萬馬之中，除去書中的第一大反派金輪法王，救出郭襄，又擊斃當時的蒙古大汗蒙哥，讓他在俠義之道的實踐上劃下完美的句點。

從事實的發展來看，張無忌抗元亦不遺餘力，甚至最後推翻元帝國的明朝也必須在功勞簿上給他記上一筆，可是張無忌的身世讓他的民族大義太過於自然，自然到缺乏一份可歌可泣。他剛從海外回到中土，便在安陸遇見韃子兵殺人擄掠。平素督訓門人不許輕易和人動手的張三丰，亦教門下若遇到元兵肆虐作惡，下手不必容情，因此俞蓮舟和張翠山手刃元兵，已是給他上了一課。

此後幾次三番讓他碰上了元兵作惡的場面。十二歲時，張三丰帶著他從少林寺下來，在漢水舟中便見到蒙古官兵濫殺無辜，小周芷若的父親也在亂中賠上了一條命。到了二十歲甫任教主，在甘涼道初遇趙敏同時，又值有一隊元兵在光天化日之下大肆淫虐欺辱漢人婦女。而不管是他父系或母系的幫派，都以反元爲職志，張無忌既然承襲了兩方的期望，最後把這個收復漢室的大業擔在肩上，也只是命數賦予他的使命。

情執作祟・流於主觀

本書在〈性情篇〉和〈人生觀篇〉二篇章中曾對張無忌的仁厚和不為世俗定見所拘的思維模式給予相當的評價。不過，張無忌畢竟是人，是一個普普通通的凡人，他有血有肉，在儘可能客觀中還是難免下主觀認定的毛病。特別是在牽涉到感情因素的時候，他原來的行事準則就失了分寸，有時還自欺欺人。此處所指的感情因素乃指廣義的感情而言，並不限於他和四美之間的男女之愛，其中最明顯的例子則發生在謝遜和趙敏身上，周芷若方面亦間或有之。

從宗教超越的觀點來看，射鵰系列的三個男主角都是違反「超越」層次思想的敗筆之作。在他們三人的身世中，均是從小養成著報父仇的心理。這一點在中國人一切子承父志的倫理觀點中，為報父仇可以屏除一切的價值都變得十分正當，尤其郭靖當家恨和國仇正好合而為一時，私人恩怨在某些程度上的狹隘也無掩其瑜輝；楊過的例子則和郭靖恰恰相反，幼時因不明白父親賣國求榮的過去而對黃蓉、郭靖夫婦所生的芥蒂，則在柯鎭惡說出那一段令他難堪的歷史後，徹底改變他對父親的愚孝；張翠山的死沒有偉大到被提升至蒙漢之爭的層次，但是張無忌目睹親生父母身亡那一幕，也使得他曾經憎恨那些在武當山上爲難父母的一干人等。

人生在世，所有的行爲思想幾乎都可以感情和理性兩類因素來概括。一個人不可能離開感情而生存，一個人的所作所爲也都或多或少受到生命中相繫的感情支配，即使再公正廉明、鐵面無私的人，他的無私也只是把感情面擴充。這其間的人事，小自親友鄰里，大至家國蒼生，心之所依所繫也至少是他關愛的人事。但是，人如果完全依憑感情行事，這世界就會變得人人自私自利，個個爲所欲爲，一切都亂了章法，彷佛回到原始社會。因此，感情雖是人性中極爲可貴的元素，理性仍是不可或缺的法則，只有在兩者間找到平衡點，世界才會更安和樂利。

弔詭的是，戲曲小說似乎都極大化了感情美好的一面，於是只要依循感情的指引作指標，一些悖離傳統的行爲也可以得到原諒，尤其許多鴛鴦蝴蝶派的小說，更是不斷製造這方面永遠的神話。

縱觀《倚天》全書，或許金庸並無強化感情因素的本意，但非常湊巧的，從男主角張無忌的身上仍不免發現了這條脈絡的蹤跡。

張無忌不是聖人，他只是一個比較好的凡人，他的好好在他感情豐富，好在他的仁義之心。他不但是傳統武俠小說的俠義之士，感情甚至細膩到對山裡一隻猴子也能仁民愛物。可是他的感情也使得他難逃主觀，進而造成若干錯誤，尤其是他感情投注越多的地方，這種錯誤就越明顯。

他和趙敏去少林寺救謝遜前，在「中嶽神廟」遇到圓眞門下的八個弟子。從張無忌的角度看，只要是與他張無忌本身或是與謝遜呈對立狀態的，必然是惡人。八僧既是成崑一夥，自當歸於惡人一屬。而和他一同殺了人，頃刻之間手上便帶有八條人命的趙敏，臉上即便都是鮮血，竟是「說不出的俊美可愛」。

到了次日中午，又有壽南山和秦老五來到。秦老五還沒搞清楚張、趙二人究竟怎麼回事，就因砍到張無忌頭上聖火令反彈弄得自己腦漿迸裂。雖說張無忌這次只是出於正當防衛，但秦老五這條冤魂終究該算在他手下。壽南山姑且逃過一劫，可是也脫不了趙敏的捉弄。趙敏騙壽南山，說是要用從她頭髮上拔下的金釵解開他上身脈絡，免得到死穴之氣衝上大腦，那就無藥可救。事實則是趙敏在他缺盆、魂門、魄戶、天柱、庫房等處刺了這七、八處穴道後，如果壽南山逃出廟去，竭力奔跑，這幾下刺穴便立時發作，也就一命嗚呼。

壽南山的命就懸於一瞬之間，任由趙敏差遣，其實是一個極大的玩笑。而此時的張無忌卻只冷眼對待，和他一貫濟弱扶傾、行俠仗義的理念似乎大異其趣。這一切都只因謝遜一人而起，義父在張無忌所有行事的準則裡面有著至高無上的優先地位，爲了救出謝遜，爲了謝遜的血海深仇，張無忌的言行可以變得令人如此陌生。

金庸寫小說的本意並不在創造聖人，所以仁義如張無忌，既是肉體凡胎，自然不需要完美。即使公認幾乎沒有缺點的郭靖，也有幾個因一時「玩笑」而做出違背聖者之事。一是郭靖和黃蓉相好之事初遭江南七怪反對，黃蓉拉著郭靖躍上小紅馬而去，在途中遇見了兩名削瘦的轎夫抬著一名肥胖婦人，以及騎在一匹瘦驢上的大胖子。胖婦人因聽見黃蓉開口說要瞧瞧她的模樣，怒目而視，又喝了她一聲。黃蓉正爲丘處機和江南七怪逼郭靖娶穆念慈一事不痛快，給這胖女人一吼，氣倒全出在身上。提起馬韁，小紅馬驀地裡向轎子直衝過去。轎夫大吃一驚，摔下轎杠，害得那胖婦人骨碌碌的從轎中滾將出來。黃蓉一不做、二不休，拔出峨嵋鋼刺，還將她左耳割了下來。那胖婦人登時滿臉鮮血，殺豬似的大叫。黃蓉至此尚不收手，再命那兩名轎夫和旁邊另一小丫鬟坐進轎子，讓那兩個胖夫婦來抬。在這中間，亦是不見郭靖制止，兩人騎了小紅馬馳出一程，看見那對胖夫婦尚抬著轎子，兩人都忍不住哈哈大笑。

還有一次是郭、黃二人來到西湖「斷橋殘雪」旁的小酒家，其中一座用碧紗罩住的屛風上題著一首俞國寶的〈風入松〉，當年高宗來到此地喝酒，見了這詞，大大稱許，不但賞了俞國寶一個功名，並且在原來的詞上更動了兩個字。此事爲酒店主人引爲極大榮耀，方才用碧紗罩住，以顯珍貴。哪知郭靖一想起高宗便是重用秦檜、害死岳飛的昏君，心中便升起一股無名火，飛腳將屛風踢得粉碎，反手抓起先前向他解釋屛風由來的儒生，把他頭上腳下的扔進了酒缸，還把酒缸鍋鑊盡皆搗爛，打斷店中大柱，叫好好一座酒家刹時化爲斷木殘垣。但對郭靖來說，卻是「適才這一陣好打，方消了胸中惡氣」。

關於這一點，《飛狐外傳》的〈後記〉有一段不妨在此拿來供讀者反思：

> 武俠小說中，反面人物被正面人物殺死，通常的處理方式是認為「應該」，不再多加理會。本書中寫商老太這個人物，企圖表示：反面人物被殺，他的親人卻不認為他該死，仍然崇拜他，深深的愛他，至老不減，至死不變，對他的死亡永遠感到悲傷，對害死他的人永遠強烈憎恨。

嗟哉自我．捨周取趙

由這個邏輯來檢視張無忌與周、趙的關係，同樣可以印證。甚至本書在此要作一個大膽的推論，那就是：有很大成分是因爲本位主義所引起，而且令人十分遺憾的，甚至還摻雜了一些男性沙文主義的色彩在裡面。

解讀張無忌和讀者對周芷若與趙敏的觀感時，幾乎不論讀者或張無忌本人都或多或少犯了先入為主（擁周）或後來居上（擁趙）的毛病。喜趙者且犯了自我中心，凡站在張無忌一邊的就是對的，就是好的，就是正當的，反之則否。

對周芷若不滿的人大多把焦點放在她奉師命接下峨嵋掌門，和在靈蛇島殺害殷離、傷謝遜、嫁禍趙敏及其後一連串事件有關。例如董千里在其大作《金庸小說評彈》中便持此說，但董千里仍認為，「到此為止，周芷若的手段與目的相副，不難理解……但從小島登陸後，周芷若的行徑就漸漸離開了原來的目的。」他又繼續寫道：

周芷若在倚天劍劍刃中取得《九陰真經》，按照黃蓉所創的速成法門學成了一身驚世駭俗的武功，那已是實踐了師父的遺命。

但她又違背遺命與張無忌在濠州成婚，若非趙敏以謝遜的一束金髮誘走張無忌，她就成為魔教的教主夫人，而且勢必與張無忌生兒育女。那是全然不顧當日在萬安寺寶塔上所設的毒誓，令死去父母在地下屍骨不得安寧，滅絕師太的陰魂化為厲鬼令她一生日夜不安，所生兒女世世代代為奴為娼……

……。既然死心塌地地奉行師父遺命，卻又不顧一切地違反遺命，此一矛盾如何統一？

有趣的是，董千里雖然指出周芷若行爲的矛盾，可是隨之又給了答案：

當然可以用男女情愛作為違命的解釋，情之所鍾，身不由己，連毒誓也置之腦後了。奉命是為了學得絕世武功，違命是為了結成美滿良緣，這是「既要……又要……」的典型，也是人之常情……

可惜的是，董千里還是不能原諒周芷若，所以下了一個「出於一個文靜秀麗的少女，那就多少有些出人意表的地方了」的註腳。

的確，周芷若最爲人詬病的幾處，就是她先後傷了殷離和謝遜，尤其是率領峨嵋弟子赴少林寺參加「屠獅大會」。可是所有指向她的不滿，歸結起來幾乎都可以說是她在這幾件事情上犯了張無忌的大忌所致。要殺謝遜這一事，是因爲她聽從師父滅絕師太的命令，而沒有站在「我張無忌」這邊，所欲不利的對象，是「我張無忌」的義父謝遜。同樣的，殷離是「我張無忌」的表妹，妳周芷若如果對「我張無忌」有情，又怎可做出與「我張無忌」不在一條陣線上的事？

反過來說，趙敏站在「我張無忌」這一邊，幫著「我張無忌」去找義父，她可以爲了「我張無忌」而和父親兄長翻臉，可以糞土富貴，棄尊榮猶如敝屣，而這就是「一往情深若此」的表現，「芷若待我（張無忌），那有這般好！」可是他怎麼就忘了當年在光明頂上，周芷若是如何冒著自己名譽和生命危險，指點他通過何氏夫婦和高矮二老的夾攻呢？

按照張無忌的角度來看，不論金毛獅王在江湖中掀起過多少腥風血雨，愛他自己的義父是可以的，趙敏幫助他救助義父是可以的，拋棄父兄是可以的，是正確的，而周芷若不放棄對她師父滅絕師太是不可以的，和謝遜處於對立的地位是不可以的，是不正義也不正確的……

由於《倚天》是一部以張無忌爲中心的小說，於是，許多讀者在自我投射之下，也跟著張無忌認爲周芷若不如趙敏來得好。撇開滅絕師太和謝遜孰是孰非已在〈人生觀篇〉中討論外，周、趙是否從師命或背棄父命，與她二人和張無忌的感情竟然還存在著兩個大問題。

一個是：愛情和親情衝突時，難道只能是零和遊戲？

另一個是：視富貴如浮雲的價值觀眞的那麼值得受到表揚？

先說後一個問題。周芷若除了傷害謝遜和殷離之外，還有一個罪名便是接下了滅絕師太交付的掌門使命。這對張無忌來說，似乎比趙敏「糞土富貴，棄尊榮猶如敝屣」大大的不如，也就是說，教富貴榮華與愛情背道而馳，便成了美德的佐證。其實換一個角度看，趙敏生於王公之家，富貴榮華向來唾手可得，在尚未失去前，這些生來俱有的東西並不值得她如何珍惜，就像黃蓉對於父親黃藥師的各種絕學、段譽對於段家一陽指的態度一般。但回到趙敏的例子來說，在現實生活上，若是有朝一日她需錢孔急，卻呼天天不應，喚地地不靈，或者日後行事到處碰壁而無特權可供使用，她仍能安之若素，不怨天尤人，那才能看出她是否眞正對富貴如此淡然。反之，求取功名，光耀門楣，進而思貢獻社稷國家，自古便是中國士大夫齊家治國平天下的進階準則，周芷若雖身在江湖，以貪慕富貴度之，似乎過於不公。

其實金庸在前後幾部書裡都不乏妙齡女子擔任教主的例子，黃蓉接任丐幫幫主、小龍女職掌古墓傳承、程靈素成爲新的毒手藥王都是奉師命肩起大任；和程靈素同樣用毒的還有前後兩位五毒教主藍鳳凰與何鐵手，均是嬌媚活躍的可愛人物；任盈盈的聖姑、霍青桐的指揮部隊雖然名義上不是教主，但也都是可以號令千軍萬馬的角色。金庸並沒有刻意貶低書中女子智慧能力的意向，也不要求女子在聰慧的同時不可以擁有女性原有的溫婉特質，被描繪成風中白荷的周芷若當然不會是《倚天》裡的犧牲品。

如果覺得此說太過偏袒周芷若，那麼不妨請出另一個例子作對照，便於作一比較。小昭在書中的命運被安排回到波斯做明教總教的教主，雖說與張無忌不無關係，但仍以拯救黛綺絲的成分居多，況且小昭一開始混上光明頂便是意在盜取乾坤大挪移心法，當然這其中有更多的宿命。小昭和周芷若的接任教主，一個是奉母命，一個是奉師命，先天條件相同，所不同者只在於小昭離去之時，哭得梨花帶雨，對於這一個將暫時離開這個戰局的小婢，人們不免給予了較多的同情。

而留在中原繼續和張無忌、趙敏糾葛不知伊於胡底的周芷若，則相對受到較多苛責了。

再說第一個疑問。

當張無忌夾在謝遜的親情和周芷若的愛情中間時，金庸讓他選擇了親情；當周芷若處在張無忌的愛情和滅絕師太的親情／師徒之情的夾攻之際，她成了全書最矛盾的人；當趙敏被迫在張無忌和父親汝陽王之間作一個選擇時，她只得棄原有的一切而去。甚至接下波斯明教聖女一職的小昭，也在母親的殷殷盼望之下，離開她心中早已生死相許的張教主。

前已提出，當親情與愛情互有矛盾牴觸之時，不應該要求戀愛中的男女只能擇其一，尤其是背棄親情，以顯示對愛情的絕對忠貞。拙作《霍青桐的人生哲學》一書中述及霍青桐與其師關明梅的感情時曾討論古人與師長間的關係。周芷若和滅絕師太之間雖然沒有血緣關係，但周芷若自被張三丰送上峨嵋以後，多年來和師父朝夕相處，滅絕之於芷若，不唯有養育之恩，且有栽培之德。滅絕師太在《倚天》中的形象固然不通情理，但跳開主觀觀感，她的行為準則實有其社會背景的不得不然。張無忌自己背負著武當血緣，未入武當，和太師父、師叔伯皆情逾骨肉，殷離對授其「千蛛萬毒手」、如同鬼魅的金花婆婆尙且又愛又敬，周芷若在師承關係上，幾乎沒有不聽滅絕吩咐的可能。當然，周芷若畢竟是一個獨立的個體，因此，就滅絕在萬安寺要她遵守的各項承諾，她雖然依樣發誓，最後卻是選擇性地執行。也就是說，在涉及和張無忌的感情部分，因爲優越性高於當日的誓言，她便選擇了前者，而以她對張無忌的了解，並且不違反武林正義的原則下，她認爲和張無忌的交往仍可以眞心對待，這也就是她爲什麼違反誓言和張無忌成婚的原因。至於取得屠龍刀和加害謝遜的部分，一來可說是爲了峨嵋派，從自家的角度來講，完全無可厚非。加害謝遜一節，便是此處要進一步討論的。

前段舉例十分詳明，張無忌爲了尋找謝遜，也曾殺了不少人，這和洪七公一生中殺過二百三十一人，這些人中若非貪官污吏、土豪惡霸，就是大奸巨惡、負義薄倖之輩的大義凜然，有著天壤之別；和郭靖西征之戰時的殺敵也有層次上的不同。張無忌「濫殺無辜」一事不並因爲他是男主角就可以把事情正當化，更不能因謝遜是他至親至愛之人就令他有隨意犯殺的藉口。相對周芷若奉師命，甚至爲中原武林的公憤殺死謝遜，如果張無忌只以小我之心來忖度而忽略整件事情的來龍去脈，即使謝遜過去的喪心病狂全因成崑陷害而起，他還是犯了過度自我中心的錯誤——張無忌可以爲了謝遜而無所不用其極，然而周芷若卻萬萬不該聽從滅絕的話乎？

不單張無忌／謝遜與周芷若／滅絕的對應落入雙重標準的謬誤，在其他事件中也再出現張無忌嚴以待周、卻寬以待己的事例。例如張無忌初任教主，和明教教衆從地牢中出來，「說不得和周顚兩人並肩先至，已從南方攻到，衝入人群之中，砍瓜切菜般殺了起來。跟著殷天正、楊逍、五行旗人衆齊到，大呼酣鬥，猶似虎入羊群一般。」其後楊逍、殷天正也把剩餘的神拳、三江、巫山、五鳳刀等四個幫會門派的好手，屠殺大半。金庸在此事了結之後，以明教教衆的口吻說，將之歸因於明尊火聖佑護，未見本性仁慈的張無忌有任何遺憾。先前尋找謝遜時，在丐幫聚會的高樓外見地上橫七豎八躺滿的屍體，胸口拳印宛然，他的反應居然是對謝遜這番「大展神威」「大喜」。可是到了書末少室山上，當峨嵋以「霹靂雷火彈」炸死司徒千鍾和夏胄後，張無忌卻對周芷若「突然變得如此狠心，心下好生難過」。這究竟是金庸當時有意下的註腳，抑或是張無忌此時看來的周芷若不論做什麼都不對了呢？然而，楊逍隨即擺出的明教五行旗陣勢，尤其是同樣以硫磺、硝石等藥物提煉製成的噴水箭，又算甚麼呢？

在此要附帶一提的是，殺謝遜和殷離雖然發生在同一時間、同一地點，但深入探討，可以揣得周芷若「殺」這二人的動機是有所不同的。意圖加害謝遜的道理經過一番討論已十分明確，但殺害殷離的部分應該較爲簡單，那就是：嫁禍趙敏。此說似不無替周芷若開罪之嫌，但事實上，以周芷若當時的武功，要取一個陷於昏迷中的殷離可說毫不費吹灰之力，何況取人性命大可一招直接命中要害，何必大費周章在別人臉上再作文章。且以趙敏在萬安寺中曾恫嚇周芷若要劃破她臉的「前科」來看，嫁禍江東的推測似乎較爲合理。再者以周芷若的性情而言，雖然知道殷離也是她的情敵之一，但以前不久張無忌和謝遜還在懷疑小昭非我族類，其心必異，她卻力排衆議，認爲小昭對張無忌情深義重時的爲人來看，還不至於有非置殷離於死地的念頭。

更嚴肅的一個議題是，如果換作以趙敏或是周芷若爲中心另寫一部小說，那正義、正確的路線又在哪裡？趙敏如果不是在《倚天》中依附在張無忌的庇蔭下背棄家國，幾乎不可能成爲一部小說的主人翁，因爲她在《倚天》中拋棄榮華富貴的美名，從另外一個角度來看，其實是不忠不孝的表現。對不忠不孝的唾棄，絕不只是東方社會，或是中國歷史上特有的專利，而是古今中外都相當重視的價值。何況，滅絕師太要周芷若接任峨嵋掌門，取得倚天劍和屠龍刀，爲的是要取出劍鞘中的九陰眞經速成法，以光耀峨嵋一派，並進而驅除韃子，光復漢室江山，全是光明正大的目的。至於方法，連光明磊落、有精神潔癖的令狐沖尚且要說：「對付卑鄙無恥之徒，說不得，只好用點卑鄙無恥的手段。」「就算他是正人君子，倘若想要殺我，我也不能甘心就戮，到了不得已的時候，卑鄙無恥的手段，也只好用上這麼一點半點了。」如果眞要說滅絕有錯，那就錯在她對張無忌的誤會太深了吧！

很明顯，張無忌在周、趙之間後來偏向趙敏，和趙敏幫著他一路尋找、拯救謝遜有極大的關聯。不錯，趙敏在尋得謝遜一事上是張無忌絕對的助力，這恐怕也是透視張無忌心理的她贏得張無忌的階梯。而一心想得到張無忌的趙敏，更是不惜和父兄故舊揮斬親情、割袍斷義。如果張無忌因爲趙敏爲了他而和過去的關係交惡，便認爲趙敏對他的愛比別人來得深厚，來得堅貞，那麼，這樣的愛情未免太盲目、太狹隘，也太自私。

張無忌……說道：「妳跟我說了，自己回府養傷，豈不兩全其美？又何苦既得罪了兄長，又陪著我吃苦？」趙敏道：「我既決意跟著你吃苦，這位兄長嘛，遲早總是要得罪的。我只怕你不許我跟著你，別的我甚麼都不在乎。」張無忌雖知她對自己甚好，但有時念及，總想這不過是少女懷春，一時意動，沒料到她竟是糞土富貴，棄尊榮猶如敝屣，一往情深若此。低下頭去，但見她蒼白憔悴的臉上情意盈盈，眼波流動，說不盡的嬌媚無限，忍不住俯下頭去，在她微微顫動的櫻唇上一吻。

一吻之下，趙敏滿臉通紅，激動之下，竟爾暈了過去。張無忌深明醫理，料知無妨，心中卻又加深了一層感激，突然想起：「芷若待我，哪有這般好！」（第卅四回・新婦素手裂紅裳）

沒錯，愛情不該講條件。理論上，財富、名位固不應該成為衡量愛情的標準，一個人的聖賢、愚癡，甚至品行優劣，都與眞愛的判別無關。但設想，若是一個大奸大惡之徒與己相戀，那又如何知道對方是否眞心誠意？即使曾有一時的眞心，哪天故態復萌，則與之朝夕相處之人，豈不隨時有死無葬身之地的危險。

就算事情不至於這麼悲觀吧！可是看看趙敏，再觀察她周圍所用之人，張無忌眼中好之又好的趙敏，實在有許多讓人毛骨悚然的地方。再如果跳開張無忌的主觀意識來看趙敏前後的行爲，幾乎可以說是不忠不孝不仁不義之人。

兩個分屬敵對國度的人拋開人爲的仇恨，在緣分的牽引下相愛，的確是件值得人稱道的美事。可問題是當時蒙漢嚴重對立，張無忌固可以不計國仇家恨，身爲汝陽王女兒的紹敏郡主卻沒有這種特權。她和張無忌站到同一個陣營，縱使不直接給明教獻策攻打本國，但她爲討好張無忌，趁周芷若昏迷時順手牽羊盜來的《武穆遺書》成爲抗元人士用來攻打母邦的利器，也已分明對蒙古不忠。相對於被她削去手指的何太沖，張無忌也不得不承認，「這何先生雖不是甚麼正人君子，但大關頭上卻把持得定，不失爲一派掌門的氣概。」可見趙敏在對國族的忠誠度上是背離的。如果汝陽王對這段感情的反對沒有理由，趙敏的投奔張無忌便是勇敢爭取婚姻／感情自主的表現；但在汝陽王沒有錯的情況下，趙敏離父兄而去便是不孝。不仁的例子將在另段討論，趙敏這一走，棄過去對她效忠的袍澤於不顧，是爲不義。

張、趙之戀相較於郭靖和華箏公主的金刀駙馬之約，後者則簡單明瞭得多。郭靖對於華箏只有男女之情而無男女之愛，乃是公認不涉及是非之事，這雖使得眞情付出的華箏飽受單相思之苦，但她在弄清事實之後終能諒解郭靖。這一漢家平民與蒙古公主的婚約，起於兩國尚未敵對之日，到兵戎相見之時，郭靖毫不猶豫地回到自己的母邦，爲她的生死存亡盡一己之力，與華箏之間的婚約問題也在此一併得到解決。

鴛鴦蝴蝶派的小說戲曲總是刻意強調封建社會對婚姻／感情自主的衝突，並數落父權社會下威權主義對美麗戀情的扼殺。可事實上，在大多數例子中，婚姻／感情和家庭／社會不必是二元對立的局面。

趙敏在愛上張無忌以後雖然百般依順張郎，但這並不代表她以前所做的惡行就可以一筆勾銷，而且在過去的許多事件中，趙敏之爲惡並非由於長期無知或僅是一時糊塗，而是她的出身背景和先天性格養成的倨傲心態和狹窄胸襟導致。就說張無忌和明教等人首次見到趙敏時的例子來說吧！當時男裝的趙敏和神箭八雄眼見一群元兵在光天化日之下淫虐欺辱擄掠來的一百多名婦女，明教衆人無不目眥欲裂，一旁的趙敏雖也不滿，但瞧著元兵的暴行也不特別生氣。只因元兵隊中有名軍官有眼不識泰山，見趙敏頭巾上兩顆龍眼般大的明珠瑩然生光，貪心登起，說了一句：「兔兒相公，跟了老爺去吧！有得你享福的！」一句話得罪了高高在上的紹敏郡主，便此引來殺機，教神箭八雄將五、六十個官兵全數殲滅，未留一個活口。

張無忌帶著楊逍、韋一笑到萬安寺探查中原各派人士被囚禁的情形，正好看見何太沖被逼著和摩訶巴思、溫臥兒比武落敗後，被劍削去左手無名指的一幕。何太沖被押走後，趙敏又分別和摩訶巴思、溫臥兒，以及黑林缽夫用適才何太沖如何擊敗他的劍法餵招。張無忌看了一會兒終於明白，「原來趙敏將各派高手囚禁此處，使藥物抑住各人的內力，逼迫他們投降朝廷。衆人自然不降，便命人逐一與之相鬥，她在旁察看，得以偷學各門各派的精妙招數，用心之毒，計謀之惡，實是令人髮指」。這「用心之毒，計謀之惡，令人髮指」的評語，不但由金庸之筆親下定論，而且實出自對趙敏已生特殊情愫的張無忌心中之想，又豈是自稱愛上張無忌便一心爲他著想一句話可以抹去？

更可怕的還不只此，七蟲七花膏事件的「用心之毒，計謀之惡」不但「令人髮指」，而且匪夷所思之至。

張無忌在武當山上和阿三一番比鬥之下，明白了俞岱巖一身殘廢，原來是西域少林下的毒手。他想起三師伯二十年來所受的苦，想起父親張翠山和母親殷素素的死，立意取回解藥「黑玉斷續膏」。趙敏雖早把解藥放在珠花之中，可是一見那朵珠花居然插在明眸皓齒，出落得如曉露芙蓉的小昭髮鬢，不但不肯說出藥方本藏珠花之中，且算定張無忌必然會來奪取「黑玉斷續膏」，居然以劇毒無比的「七蟲七花膏」塗在阿二和阿三斷臂之上，誘引張無忌上當，如此一來，不但俞岱巖、殷梨亭二人傷勢加劇，性命隨時可能不保，且與其出生入死的手下也極有可能隨之陪葬。張無忌讀過王難姑《毒經》，想起其中記載的一段話：「七蟲七花膏，以毒蟲七種、毒花七種，搗爛煎熬而成，中毒者先感內臟麻癢，如七蟲咬嚙，然後眼前現斑斕彩色，奇麗變幻，如七花飛散。七蟲七花膏所用七蟲七花，依人而異，南北不同，大凡最具靈驗神效者，共四十九種配法，變化異方復六十三種。須施毒者自解。」

這種害人害己的方法莫說仁慈敦厚的張無忌想不出來，連世人眼中邪之已極的楊逍、韋一笑也絕對不會做出這等傷害無辜、復殘及自家弟兄的行徑。這次金庸仍是藉由張無忌的角度道出：「而在阿三和禿頂阿二身上所敷的，竟也是這劇毒的藥物，不惜捨卻兩名高手的性命，也要引得自己入彀，這等毒辣心腸，當眞是匪夷所思。」這一切罪惡，加上與少林寺的血海深仇，又豈是張無忌日後一個「收容」就可消弭於無形？

孔子有云：「夫取人之術也，觀其言而察其行也……是故先觀其言而揆其行。」觀察一個人的品德，除了從聽憑這個人說的話之外，還要觀察他的所作所爲，才能做出基本的評斷。除此之外，還可以從觀察與這個人相處的朋友或部屬，從旁了解到這個人。俗話說：「人以類聚，物以群分。」張無忌也曾認爲趙敏手下盡是奸詐無恥、不顧信義之輩（第廿四回．太極初傳柔克剛）。趙敏生爲蒙古貴族，生作汝陽王的女兒不是自己能選擇；可是，統率蒙漢西域的武士番僧，向門派幫會大舉進擊，意圖剿滅六大門派，綠柳莊內奇鲮香木、醉仙靈芙，萬安寺中十香軟筋散之毒等等，趙敏無一能辭其咎。尤其下毒一事，在武俠小說的世界中向來被歸類爲下三濫的手段。這個觀念，在《射鵰英雄傳》（第卅一口．鴛鴦錦帕）、《天龍八部》（第十六回．昔時因）、《鹿鼎記》（第四十一回．漁陽鼓動天方醉　督亢圖窮悔已遲），甚至《倚天》（第廿八回．恩斷義絕紫衫王）本身都曾經出現。有本事，咱痛痛快快打一架，沒本事，回去閉門練個十年二十年再來一較眞章。用如此不光明正大的方法做手腳，實爲江湖好漢所不齒。如果他眞認爲憑和趙敏之間的激情就能令她改邪歸正，不免有些自欺欺人了。

附錄　張無忌大事紀表

出生——冰火島

- 依當地寒暑及日出日落情況推斷，即今之北極也。
- 父張翠山，母殷素素。
- 由父母主意拜謝遜爲義父，承謝遜死去稚子之名，取名無忌，並改姓謝。

五歲——冰火島

- 由張翠山開始傳授武當內功。

八歲——冰火島

- 與謝遜學武，以日後在蝴蝶谷與胡青牛談論內容來看，應包括點穴、解穴以及移轉穴道之術。

九歲——

冰火島

- 聽謝遜講述成崑淫妻滅門恨事，以及其後殺人放火緣由。

十歲——

冰火島

- 隨父母乘木筏返回中原，謝遜留在冰火島。

海上

- 逢天鷹教天市堂、青龍壇、神蛇壇人衆。
- 認識二師伯俞蓮舟。

安徽銅陵銅官山腳下

- 險被老乞丐以黑身白點大蛇爲誘所擒。

安陸

- 爲元兵所擄，中玄冥神掌。

武當山上

- 張三丰百歲壽辰，張翠山、殷素素自刎身亡。
- 張三丰、武當五子輪流爲其療傷。
- 開始練張三丰自覺遠大師處聽的九陽神功。

十二歲——

嵩山少林
- 張三丰攜往求全本《九陽眞經》遭拒。

漢水舟中
- 與周芷若結餵飯之緣，識常遇春。

蝴蝶谷
- 與常遇春前往蝴蝶谷尋胡青牛醫治玄冥神掌寒毒；學習醫術。

十四歲——

蝴蝶谷
- 爲紀曉芙、簡捷等十五人醫治被金花婆婆所施之傷。
- 認識楊不悔。
- 初見金花婆婆、殷離，與殷離結嚙齒之盟。

往崑崙山途中
- 依王難姑《毒經》置毒菌於簡捷、薛公遠湯內，逃過一劫。
- 結識徐達、朱元璋等明教人士。
- 遇詹春、蘇習之。

崑崙山何太沖府

- 療五姨太所中靈脂蘭毒。

崑崙山

- 遇楊逍，與楊不悔分別。

十五歲——

朱長齡府

- 爲朱九眞豢養獵犬所傷。
- 初識人間男女單戀滋味。
- 識破朱長齡、武烈欲得屠龍刀計謀，逃入山谷。

山谷洞穴

- 爲大白猿療傷，得《九陽眞經》。
- 練《九陽眞經》第一、第二卷。

十六歲——

山谷洞穴

- 練《九陽眞經》第三卷。

十七至二十歲——

山谷洞穴

- 練《九陽眞經》第四卷。

二十歲——

山谷洞穴

- 九陽神功初成，出洞谷。

洞穴外雪地

- 再遇殷離，以曾阿牛化名答應娶時稱蛛兒之殷離爲妻。
- 再遇周芷若。
- 同殷離乘峨嵋弟子雪橇隨滅絕師太等人前往西域。

往光明頂途中

- 遇殷野王。
- 追蹤救出殷離之韋一笑，被布袋和尚說不得罩入乾坤一氣袋。

光明頂

- 袋中得知成崑挑起謝遜殘殺無辜及毀滅明教、少林之陰謀。
- 九陽神功大成。
- 與楊不悔重逢，遇小昭。
- 練成乾坤大挪移。

	‧化解六大派與明教的殺戮。爲周芷若手持倚天劍刺入胸口。
	‧出任明教教主。
甘涼道上	‧初遇趙敏。
綠柳莊	‧明教教衆中醉仙靈芙混合奇鯪香木之毒。
	‧與趙敏於地窖中結脫襪情緣。
嵩山少林寺	‧所見爲趙敏率衆殲滅少林嫁禍明教之跡。
湖北武當	‧回武當，防趙敏等人滅武當。
	‧得張三丰傳授太極拳、太極劍。
	‧得知阿三爲施般若金剛掌致俞岱巖殘廢之人。
	‧俞岱巖、殷梨亭險爲七蟲七花膏所害。取黑玉斷續膏。
大都萬安寺	‧搶救六派高手。
大都城外亂石崗	‧范遙示現眞實身分。
大都城外客店	‧趙敏示愛慕之意。

	•應趙敏之求赴海外向謝遜借屠龍刀。
靈蛇島	•與謝遜重逢。
	•遇波斯明教風月雲三使。
	•學得聖火令上武功。
	•小昭回波斯任總教聖女。
	•由謝遜主張，與周芷若訂白頭之盟。
荒煙蔓草間	•宋青書弒殺莫聲谷，張無忌險遭師叔伯誤會。
寧河丐幫總舵	•遇黃衫女子攜史紅石揭露假冒史火龍陰謀。
二十一歲——	
大都	•遊皇城，趙敏設綵車暗示盜取屠龍刀事件眞僞。
濠州	•與周芷若婚禮進行一半，趙敏出示謝遜金髮，張無忌棄周芷若，隨趙敏而去。
少室山下	•借宿杜百當、易三娘茅屋，混入少林寺。

少林寺

- 與渡厄、渡劫、渡難三僧金剛伏魔圈苦鬥。
- 得殷天正相助力鬥三僧，殷油盡燈枯。
- 屠獅英雄會，邀周芷若，再鬥三僧。
- 謝遜懺留少林。
- 於謝遜地牢所繪得知屠龍刀失竊前因後果。
- 率明教教眾與中原各派同抗元兵。

濠州賓館

- 殷離再現。
- 朱元璋用計逼退張無忌。

濠州城外某處

- 爲趙敏畫眉。周芷若出現。

張無忌的人生哲學

武俠人生叢書 9

作　　者／楊馥愷
出 版 者／生智文化事業有限公司
發 行 人／林新倫
登 記 證／局版北市業字第677號
地　　址／台北市新生南路三段88號5樓之6
電　　話／(02)2366-0309
傳　　真／(02)2366-0310
E-mail／book3@ycrc.com.tw
網　　址／http://www.ycrc.com.tw
郵政劃撥／1453497-6
户　　名／揚智文化事業股份有限公司
印　　刷／鼎易印刷事業股份有限公司
法律顧問／北辰著作權事務所　蕭雄淋律師
ISBN／957-818-459-X
初版一刷／2003年1月
定　　價／新臺幣250元

總 經 銷／揚智文化事業股份有限公司
地　　址／台北市新生南路三段88號5樓之6
電　　話／(02)2366-0309
傳　　真／(02)2366-0310

國家圖書館出版品預行編目資料

張無忌的人生哲學／楊馥愷著. -- 初版. --
臺北市：生智，2003〔民92〕
面： 公分. --（武俠人生叢書；9）

ISBN 957-818-459-X（平裝）

1.金庸—作品研究 2.武俠小說—評論

857.9 91019459